【히사고】

【칸나기】

"직접 보고 확인해라.
녀석이 걸은 길을, 무지한 인간들의 업보를."

【마왕】

치유마법의 잘못된 사용법

~전장을 달리는 회복 요원~

Vol. **11**

저자 **쿠로카타**

일러스트 KeG

치유마법의 잘못된 사용법
~전장을 달리는 회복 요원~ Vol.11

CONTENTS

마왕군 수칙
~전장의 마음가짐~

하나, 동지를 돕고, 확고한 의지를 가지고서 적을 칠 것

하나, 용사에게는 수를 갖추고서 덤빌 것

하나, 전장에 나타나는 납치자는 최대한 경계할 것

❀제1화 동료와 함께! 반격 개시!!

마왕군과 싸우고 있을 때 전장에 나타난 수상도시 미아라크의 용사 레오나 씨.

바르지나크라는 강대한 적과 싸우는 우리 앞에 나타나 움직임을 봉한 그녀는 예전에 용의 힘 때문에 폭주한 카론 씨를 막기 위하여 함께 싸운 동료였다.

나보다도 실전 경험이 많고, 강력한 얼음마법과 용사의 무구를 가진 레오나 씨는 그야말로 최강의 원군이었다.

"레오나 씨! 와 주셔서 정말로 고마워요!"

"어? 아, 그게, 네가 궁지에 몰렸을 때 달려오게 돼서 다행이야."

솔직히 말하면 이곳에 레오나 씨가 와 줄 거라고는 예상하지 못했었다.

사전에 원군으로 온다는 연락도 못 받았고, 무엇보다 미아라크는 여기서 멀리 떨어져 있었다. 게다가 미아라크 자체도 아직 완전히 부흥하지 못했을 터다.

『이봐, 네아. 이 녀석은 누구야?』

"미아라크의 용사야. 아주 강해."

『흐응.』

다소 언짢은 듯한 페름의 목소리가 들렸다.

특별히 그걸 신경 쓰지 않고 일어나려고 했지만, 역시 마력이 부족해서 그런지 다리가 조금 후들거렸다.

"상당히 마력을 소모했구나. 우사토."

"네, 조금…… 아뇨, 꽤 무리를 했거든요……."

"훗, 너는 여전한 모양이야."

그렇게 말하고서 다가온 레오나 씨가 나를 부축해 줬다.

그러자 근처에서 조용히 지켜보던 니르바르나 왕국 전사장 하이드 씨가 레오나 씨에게 말을 걸었다.

"실례하네. 이곳을 지휘하는 하이드라고 하는데, 자네는 미아라크의 용사가 틀림없나?"

"그래. 미아라크의 여왕 노른 님의 칙명을 받고 달려왔어."

"자네 혼자 말인가?"

하이드 씨의 말에 레오나 씨가 고개를 끄덕였다.

레오나 씨는 동결되어 여전히 움직이지 못하는 바르지나크에게 시선을 보냈다.

"오래 못 가겠지만 녀석의 움직임을 봉했어. 그사이에 태세를 정비해 줘."

"좋아! 헬레나, 마력이 고갈된 자를 뒤로 보내! 다시 진형을 정비하고 이 괴물을 토벌한다!"

바르지나크가 움직이지 못하는 동안 물러나라고 하이드 씨가 부하들에게 말했다.

그 모습을 본 레오나 씨가 나를 돌아보더니 품에서 작은 병 두

개를 꺼내 건넸다.

"우사토, 이걸 받아."

"예? 무슨 병인가요?"

병 안에는 반투명한 액체가 들어 있었다. 미아라크의 여왕인 노른 님이 마셨던 포션과 흡사했다.

"파르가 님께서 주셨어. 마력을 회복시키는 효과와 약간의 각성 효과가 있는 포션이야."

"마력을 회복시킨다니…… 혹시 이거 엄청나게 귀중한 거 아니에요?"

"신경 쓰지 마. 너에게 필요한 거니까."

마력을 회복시키는 약이라…….

나는 병의 뚜껑을 따고 단숨에 마셨다.

독특한 자극취와 쓴맛 때문에 울상을 짓고 있으니 몸의 중심에서 점차 열이 치밀었다.

"으윽……?!"

나도 모르게 가슴을 누르며 쓰러질 뻔했지만 그 전에 레오나 씨가 부축해 줬다.

"걱정하지 않아도 돼. 마력을 회복시키는 과정에서 몸이 열을 내는 거야."

"그, 그런가요……."

"미안하지만 이대로 얘기를 들어 줘."

내 안에서 마력이 회복되는 신기한 느낌을 받으며 레오나 씨의 이야기에 귀를 기울였다.

"먼저, 늦게 와서 미안하다. 미아라크에서 가장 빠른 소형선을 탔지만 그래도 상당히 시간이 걸리고 말았어."

"아뇨, 도와주러 와 주신 것만으로도 충분해요."

실제로 레오나 씨가 바르지나크의 발을 묶어 준 덕분에 살았다.

"혹시 레오나 씨가 늦은 이유가……."

"맞아."

내 말에 레오나 씨가 고개를 끄덕였다.

처음부터 싸움에 참가할 생각이었다면 늦게 올 리가 없다.

"늦어지긴 했지만, 파르가 님께서 맡기신 물건을 여기까지 가져 왔어."

"……! 여기 있나요?"

"아니. 이미 책임자로 인정받은 자들 곁으로 갔어."

레오나 씨가 그렇게 말한 순간, 마왕군의 코가, 아미라와 싸우고 있는 선배와 카즈키가 있는 방향에서 하얀색 빛과 용솟음치는 전격이 터졌다.

그와 함께 내 오른팔의 건틀릿과 레오나 씨의 창이 공명하듯 떨었다.

……그런가. 마침내 파르가 님이 만들어 주신 「용사의 무구」가 두 사람에게 넘어갔구나.

두 사람은 연습도 없이 쓰게 되었지만 분명 잘 다룰 수 있을 터다.

"레오나 씨, 정말 고맙습니다."

"네게 은혜를 갚기 위한 거니까. 이걸로도 아직 부족해."

오히려 내가 도움만 받는 것 같다.

그리고 페름.

왠지 옷 안쪽에서 퍽퍽 때리는 느낌이 드는데 왜 그러는 거야?

그보다 레오나 씨 앞에서는 말을 안 하려고 하네. 의외로 낯을 가리나?

"너도 잠시 못 본 사이에…… 모습이 상당히 달라졌군."

"하하하, 동료와 살짝 융합? 같은 걸 했거든요."

"……응? 응응?"

역시 설명이 부족했는지 레오나 씨는 고개를 갸웃했다.

보다 못한 네아가 말했다.

"아~ 이 녀석이 평소 하던 대로 했을 뿐이라고 생각하면 납득이 갈 거야."

"그렇군."

왜 이 설명으로 납득한 걸까?

그보다 평소 하던 대로 했다니?

그러는 사이에 안쪽에서 치솟았던 열이 가라앉았다.

고갈되었던 마력이 체감상 40퍼센트 정도 회복되었다.

이 정도 마력이 있으면 충분하지만, 혹시 모르니까 하나 더 마셔 두자.

"하나 더 마실게요."

"뭐? 아니, 잠깐! 그건 간격을 두고 마셔야—"

그대로 두 번째 병의 뚜껑을 따고 단숨에 마셨다.

아까보다 더 강렬한 열이 몸 안쪽에서 느껴졌지만, 두 번째라 익숙해졌기에 천천히 심호흡하여 평정을 유지했다.

"스읍…… 이거 분명 몸에 안 좋겠죠."

"어, 응……."

『우사토, 너 열이 엄청나.』

"페름도 알 수 있어?"

『……앗, 아니, 몰라. 그냥 감으로 말한 거야.』

……그래?

뭐, 그렇게 신경 쓸 일도 아니지만.

열을 내보내는 이미지로 천천히 심호흡하다가, 나를 부축한 레오나 씨가 아연한 표정을 짓고 있다는 걸 깨달았다.

"너라면 크레하 샘물조차 쉽게 마실 수 있을 것 같아."

"하하, 희석시키면 가능할지도 모르죠."

"……농담이었어. 안 가져왔어. 아니, 가져왔더라도 안 돼."

그렇게나 진심인 것처럼 보인 걸까?

그런 위험하기 짝이 없는 샘물은 건드릴 생각조차 없는데.

"레오나 씨, 이제 괜찮아요."

"음, 그래?"

레오나 씨에게서 몸을 떼고 혼자 일어났다.

마력도 80퍼센트 정도는 회복됐다.

주위를 보니 하이드 씨의 지시로 진형을 갖춘 전사들이 바르지나크를 요격할 태세로 옮겨 가 있었다.

"우사토. 너는 이제부터 어쩔 거지?"

"부상자를 돕고 나서 같이 싸울 거예요."

"홋. 그럼 한 번 더 너와 나란히 서게 되겠군."

기쁜 듯한 모습으로 창을 돌린 레오나 씨는 주위에 얼음창을 여덟 개 띄웠다.

용사로서의 자신을 완전히 받아들인 레오나 씨를 보니, 이런 상황인데도 불구하고 왠지 기뻐져서 무심코 웃어 버렸다.

"곧 있으면 얼음 구속이 풀릴 거야. 녀석을 상대하는 건 나한테 맡겨 줘."

바르지나크를 본 레오나 씨의 말에 하이드 씨가 고개를 끄덕였다.

"알겠네. 우리가 엄호하지."

레오나 씨가 바르지나크를 상대하고 하이드 씨는 엄호인가. 그럼 나는 독에 당한 전사들을 치료해야겠다.

"우사토, 이제 몸은 괜찮아?"

"네. 이제 괜찮아요."

"그래…… 흠."

레오나 씨와 나를 보고 하이드 씨가 생각에 잠겼다.

왜 그러는 걸까 싶었는데, 생각이 정리됐는지 씩 웃고서 내 어깨에 손을 얹었다.

"네게는 레오나 공의 보조를 부탁하고 싶어."

"보조요……?"

"레오나 공과 같이 싸우라는 거지!"

하이드 씨의 말에 나뿐만 아니라 레오나 씨도 눈이 동그래졌다.

하이드 씨의 부관인 헬레나 씨도 당황하며 따졌다.

"자, 잠깐만요, 전사장님! 왜 치유마법사인 우사토를 앞장서서 싸우게 하려는 겁니까?!"

"현재 가장 강한 전력은 레오나 공이야. 그렇다면 치유마법사인 우사토를 붙이는 건 당연하잖아."

"그런 의미로 말한 게 아닙니다!"

"헬레나, 우사토는 전사야."

"예?"

저기, 아닌데요?

어안이 벙벙해진 나를 내버려 두고 하이드 씨는 이어서 말했다.

"우사토의 신체 능력과 반응 속도라면 저 뱀의 움직임에도 충분히 대응할 수 있겠지. 보아하니 레오나 공과도 좋은 관계인 것 같고. 연계도 잘 될 거야."

"조, 조좋은, 과, 과, 관계……?!"

어째선지 레오나 씨가 굉장히 동요했다.

확실히 미아라크에서도 함께 싸웠고, 연계는 잘 될 거다.

그렇게 생각하면 하이드 씨의 의견도 이해가 갔다.

"독에는 어떻게 대처하시려는 겁니까?!"

"살짝 중독됐다고 못 움직일 만큼 우리는 연약하지 않잖아?"

하이드 씨가 목소리를 깔자 헬레나 씨는 말을 잇지 못했다.

"우리는 니르바르나 전사단. 용감하고 명예롭게 싸워야 우리지."

하이드 씨는 이 자리에 있는 전사들이 들을 수 있도록 공언했다.

그의 말에 헬레나 씨뿐만 아니라 전사들의 얼굴도 각오를 다진 표정으로 바뀌었다.

그런 그들의 표정을 확인한 하이드 씨는 이어서 말했다.

"독은 견뎌라! 견딜 수 없게 되면 물러나라! 나도 그러겠다!"

"""오오—!!"""

……그 말은 조금 한심해요.

"그렇게 됐으니 우리를 무리해서 치유할 필요는 없어."

"알겠어요. 하지만 회복마법으로 충분하지 않은 사람이 있으면 무리해서라도 고치러 갈 거예요."

"하하하, 너도 고집스럽군."

내 말에 하이드 씨는 쾌활하게 웃었다.

그때, 바르지나크를 동결시킨 레오나 씨의 얼음에 금이 가는 소리가 났다.

"……슬슬 한계인가."

그걸 빠르게 알아차린 레오나 씨가 바르지나크에게 몸을 돌렸다.

"전원 위치로! 다시 한 번 녀석에게 니르바르나의 힘을 보여 주는 거다!!"

"""오오오—!!"""

레오나 씨와 나를 선두로 전사들이 위치에 섰다.

다시 한번 저 커다란 뱀과 싸우게 되겠지만 무섭지는 않았다.

"레오나 씨. 도움이 될지는 모르겠지만 저도 힘낼게요."

"네가 옆에 있는 것만으로도 나한테는 충분히 힘이 돼."

해야 할 일은 처음과 똑같다.

지금 중대한 싸움을 펼치고 있는 선배와 카즈키, 그리고 로즈를 위해 이 전선을 지켜 내겠다.

그렇게 속으로 결의한 나는 동결이 풀려 다시 움직이려고 하는 바르지나크를 응시했다.

"샤아아아아아아!!"

귀에 거슬리는 소리로 외친 바르지나크는 몸을 크게 움직여 달라붙은 얼음을 털어 냈다.

크고 흉악한 적이지만, 나 혼자 싸우는 것이 아니라서 조금도 무섭지 않았다.

"우사토, 가자!"

"네!"

싸움은 아직 끝나지 않았다.

하지만 이러고 있는 동안에도 선배와 카즈키는 싸우고 있다.

그렇다면 나도 멈출 수 없다!

나와 레오나 씨는 증오에 찬 눈으로 우리를 노려보는 바르지나크에게 향했다.

제2화 마음의 형태를 보여라! 용사의 싸움!!

아미라 베르그레트와의 싸움은 그야말로 피가 끓는 뜨거운 싸움이었다.

숨 쉬기 힘들 만큼 격렬한 화염을 다루는 자라서, 나는 속도라는 무기로 상대할 수밖에 없었다.

"하아아아아아!"

"오오오오!"

전격을 두른 검 두 개를 휘둘러 아미라와 검을 맞부딪쳤다.

살이 탈 듯한 열량과, 확실한 실력과 경험에서 나오는 일격은 나를 전투 불능으로 몰아넣을 만한 위력을 내포하고 있었다.

"그런 무기로는 어림없다!"

그 공격을 막자 양손에 든 검이 부서져 버렸다.

"칫……."

혀를 차며 손바닥에 전격을 휘감아서 심장을 찌르러 드는 검을 쳐내고 후방으로 도약해 거리를 벌렸다.

착지함과 동시에 땅에 버려진 검과 창을 주워 다시 아미라에게 공격을 가했다.

"엄청난 힘이야! 오거를 방불케 해!"

도발하면서 창에 전격을 휘감아 투척했다.

"너는 무시무시하게 빠르군. 마치 뛰어다니는 개 같아."

"개, 개라고?! 다른 표현들도 많은데 나를 개라고 했겠다?!"

여기선 늑대라고 해야지!

분개하는 나를 보고 아미라는 어이없다는 표정을 지었다.

"너, 바보구나?"

"나를 바보 취급해도 되는 사람은 우사토 군뿐이야!"

"그 역할을 떠맡은 치유마법사가 불쌍한데."

"뭐라고?!"

아미라는 검을 한 번 휘둘러서 내가 던진 창을 태웠다.

역시 평범한 전사가 아니었다.

전격과 검을 섞어서 공격하며 타개책을 생각하고 있으니 아미라가 다소 짜증이 난 듯 발을 멈추고 양손으로 검을 쥐었다.

"귀찮아. 태워 버리겠다!"

"……!"

아미라는 검에 휘감은 불을 더 크게 키우고 하단 자세로 검을 들었다.

즉각 뒤로 뛰려고 하자 심상치 않은 마법의 열량과 기백과 함께 아미라가 검을 치켜들어 폭발적인 화염을 뿌렸다.

"엄청난 화염이야……!"

지면에 착지한 나는 오른쪽 어깨를 잡고 신음을 흘렸다.

살짝 맞았지만 움직이는 데는 지장이 없었다.

하지만 경이적이 폭발력이었다.

번져 나가는 주황색 화염 속에서 천천히 걸어오는 아미라는 아직 쌩쌩했다.

유일하게 내가 맞혔던 공격도 얕아서 그다지 대미지를 주지 못한 듯했다.

"카즈키 군과도 상당히 거리가 떨어져 버렸네……."

간신히 눈으로 확인할 수 있었는데, 카즈키 군도 코가라는 마족과 격렬한 싸움을 벌이고 있었다.

상대는 우사토 수준의 신체 능력과 어둠 계통 마법을 가진 마족이다.

가능하면 빨리 아미라를 쓰러뜨리고 가세하러 가고 싶지만 그것도 어려웠다.

"음?"

이 빠진 검을 버리고 근처에 있는 검을 주우려고 했을 때, 하늘에서 뭔가가 빛났다.

다가오는 아미라를 경계하며 올려다보니 그 빛나는 물체는 이쪽으로 똑바로 오고 있었다.

"어?"

빛나는 금색 구체와 은색 구체.

그것들은 공중에서 갈라지더니 은색 구체는 카즈키 군에게, 금색 구체는 내 옆에 낙하하여 강렬한 빛과 함께 터졌고, 폭발적인 전격을 발산하며 주위를 황금색으로 물들였다.

『자신의 마음을 형상화하라.』

엄청난 빛 때문에 눈을 뜨지 못하는 내 귀에 알 수 없는 누군가의 목소리가 들렸다.

엄숙하면서 장엄하지만 어딘가 상냥함이 느껴지는 목소리였다.

그와 함께 빛으로 가득한 내 시야에 전장의 풍경이 아닌 다른 광경이 보였다.

이 세계에 소환됐을 때의 기억.

구명단에 있는 우사토 군을 찾아갔을 때의 기억.

링글의 어둠에서 조난당했을 때의 기억.

그 외에도 내가 흑기사에게 죽을 뻔했을 때의 기억과 루크비스에서 우사토 군과 헤어졌을 때의 기억까지 주마등처럼 스쳤다.

보고 바로 이해했다.

이건 내 기억이 아니라 우사토 군의 기억 속 나다.

"말도 안 돼……. 이게 나야?!"

남들이 보기에 나는 이렇게나 이상한 사람이었어?!

여러 가지로 말썽을 너무 저지르지 않아?!

이러니 우사토 군이 그렇게 반응하지!

나, 엄청나게 귀찮은 사람이잖아!

원래 살던 세계에서는 결코 맛보지 못할 체험에 괴로워하며 어떻게든 견뎠다.

"으, 으으으…… 나는 강해. 멘탈 강해……! 이 정도에 좌절하지 않아……!"

그렇게 필사적으로 타일러 자아를 유지하며 아까 머릿속에 들린 말을 떠올렸다.

"내 마음을, 형상화하라고……."

지금 일어나는 현상이 뭔지는 모르겠다.

어쩌면 내게 가하는 정신 공격일 가능성도 있지만, 아마 그건 아닐 것이다.

지금 아미라에게 공격당하지 않는 것은 나를 덮은 빛이 지켜 주고 있기 때문이었다.

내게 던져진 말과 금색 빛을 믿고 나는 천천히 눈을 감았다.

그러자 나를 덮은 빛이 점차 옅어졌다. 눈을 뜨자 아까와 똑같은 전장의 풍경으로 돌아와 있었다.

앞에는 눈을 크게 뜬 채 나를 보는 아미라가 있었다.

"너, 그건 뭐지……?"

"응?"

"손에 든 그 무기 말이야."

"무기……?"

아미라가 가리킨 내 손을 보고 말문이 막혔다.

내 손에는 아까까지 없었던 무기가 들려 있었다.

"카, 카카카카카, 카타―나?!"

놀란 나머지 이상한 억양으로 말해 버렸다.

검은색 칼집에 든 칼의 손잡이에 노란색과 검은색 문양이 있고, 칼코등이는 한층 눈에 띄는 금색이었다.

이 세계에서는 처음 보는 무기― 일본도가 지금 내 손안에 존재했다.

"이게 우사토 군이 말했던, 나만을 위한 용사의 무기……?"

솔직히 칼에 관해 자세히는 모른다.

하지만 내 손안에 있는 이 칼이 내 힘을 최대한으로 높여 주리라는 것은 알 수 있었다.

그렇게 생각하고 아미라에게 무기를 겨누려고 하니—.

『네가 용사 스즈네인가.』

"……흐에?"

갑자기 칼에서 누군가의 목소리가 들렸다.

순간적으로 아미라를 보았지만 그녀는 아무것도 안 들리는지 고개를 갸웃하고 있었다.

나한테만 들리는 거야……?

어? 즉, 어쩌면 이건 그게 아닐까?

왕도라고 해도 좋을 그게 아닐까?!

『나의 이름은 파르가. 지금 너의 무구를 통해—.』

"마, 마침내 말하는 무기가 내 손에!"

『…….』

아니, 잠깐만. 파르가라면 우사토 군이 말했던…… 응?

"으악?!"

"언제까지 우두커니 서 있을 거지. 나를 우습게 보는 건가?"

눈앞까지 다가온 화염을 피하며 이마를 닦았다.

거리를 벌린 내게 파르가라고 이름을 밝힌 목소리가 꾸짖듯 엄한 말을 던졌다.

『전투 중에 무슨 생각을 하는 거지? 멍청한 것. 우사토가 이야기한 대로 주책바가지로군.』

"네, 죄송합니다……."

생각보다 독설가인 파르가 님의 말에 평범하게 풀이 죽었다.

『하아, 빛의 용사는 성실한 청년이던데. 지금 나는 너의 무구를 통해 대화하고 있다. 머지않아 연결은 끊어지겠지만 그때까지 무구 다루는 법을 가르쳐 주마.』

"아, 알겠습니다."

『먼저 그 칼을 뽑아 봐라.』

파르가 님의 말에 따라 칼집에서 칼을 뽑자 물결치는 듯한 무늬가 새겨진 백은색 도신이 나타났다.

칼은 늘 전기를 띄고 있는지 전격 계통 마력이 순환하고 있는 것 같았지만, 칼집에서 도신을 전부 뽑자 뭔가가 해방된 것처럼 칼자루에서 내 몸으로 번개가 번쩍였다.

뇌수 모드와 똑같은 감각이지만 달랐다.

지금까지 그랬던 것처럼 쓸데없이 전격을 흩뿌리지 않고, 칼을 통해 나라는 그릇에 효율적으로 전격을 순환시키는 감각이었다.

"이건……!"

『놀라고 있을 때가 아니다.』

"네?"

"어딜 보는 거지!"

화염을 폭발시켜 가속한 아미라가 내 목을 양단할 기세로 육박했다.

즉각 전격을 휘감아 옆으로 뛰었는데 내가 상정한 것 이상의 가속이 발생했다.

"……!"

뇌수 모드를 발동하지 않았는데도 더 빠른 속도를 냈어……!

순식간에 30미터 이상의 거리를 이동한 나는 땅에 새겨진 까맣게 탄 발자국을 보았다.

『무구가 갖춘 능력은 마력의 효율화. 너에게 가장 적합한 형태로 부여된다.』

"놀라우리만큼 마력 소비가 적고 빠르게 움직일 수 있어……."

칼을 고쳐 쥔 나는 가볍게 이동하여 자리로 돌아가 보았다.

그 속도는 이전과 비교가 되지 않았다.

『그리고 칼날도 몇 가지 능력을 갖추고 있다.』

"능력?"

『앞에 적이 있으니 그 녀석에게 시험해 봐라.』

"알겠습니다!"

칼집을 벨트에 꽂고 오른손으로 칼을 움켜쥔 나는 아미라를 보았다.

아미라도 내가 올 것을 알아차렸는지 검을 들고 방어 태세에 들어갔다.

"갑니다!"

칼에서 전달되는 번개를 몸에 휘감고, 자세를 낮춤과 동시에 전방으로 뛰쳐나갔다.

전격을 띤 발자국을 땅에 새기며 단숨에 아미라의 눈앞으로 간 나는, 정확히 카운터를 먹이려고 하는 그녀를 노려보았다.

『아이야, 도신에 마력을 담아라.』

"네!"

오른손을 통해 도신에 마력을 담자 백은색 도신이 번쩍이며 파지직 강렬한 소리를 냈다.

화염을 두른 아미라의 검에 칼을 부딪치려고 하니 그녀는 억지로 검의 방향을 바꿔서 땅을 때렸다.

지면에서 튀어 오른 불타는 돌멩이를 피하며 아미라의 행동에 경악했다.

"검의 궤도를 틀었어?!"

『자신의 검이 잘릴 것을 알았겠지. 상대도 상당한 실력자야.』

"그건 알고 있어요!"

그렇게 대답하는 사이에 아미라는 땅을 때린 검을 억지로 끌어올려 내 몸통을 베는 일격으로 궤도를 수정했다.

이 각도로는 제대로 칼을 맞힐 수 없다……!

그렇다면 굳이 맞부딪칠 필요도 없으니 속도로 이기겠다!

"하앗!"

도약과 동시에 검을 피하고, 그 기세를 몰아 공중에서 회전하며 아미라의 목에 시선을 고정했다.

"이대로 목을 베겠어……!"

시야가 거꾸로 뒤집힌 채 아미라의 목을 베고자 했다.

"어딜!"

하지만 상대도 보통내기가 아니었다.

자신의 몸에 휘감은 갑옷을 태워서 열풍으로 내 몸을 밀어냈다. 내 일격은 어깨의 갑옷을 살짝 베는 데서 그치고 말았다.

끝장내지 못했나…….

일단 태세를 정비하기 위해 거리를 벌린 순간, 칼로 벤 부분에서 전격이 일어 아미라의 몸을 덮쳤다.

"뭐야?! 으, 으윽……!"

전격을 맞고서 무릎 꿇은 아미라를 보고 있으니 파르가 님이 냉정한 어조로 말했다.

『마력을 많이 담을수록 예리해지고. 칼로 벤 온갖 물체에 전격을 부여한다. 이 두 가지가 칼의 능력인 것 같군.』

시험 삼아 칼로 땅을 가볍게 베어 보니 몇 초 후 전격이 일었다.

그렇구나. 즉, 어떻게 사용하느냐에 따라 함정처럼 설치하는 것도 가능하다는 건가.

"그럼 이 틈에 추격타를……."

아미라가 주춤한 사이에 공격하려고 했지만, 몸에 두른 번개가 사라지며 움직임도 평범한 속도로 돌아와 버렸다.

게다가 도신에 담겨 있던 마력도 사라져서 평범한 칼로 돌아왔다.

『칼에 비축된 마력이 다했나 보구나.』

"네?! 이제 못 써요?!"

의기양양하게 튀어 나가려고 했는데……!

내가 충격받아 말하자 파르가 님은 어이없다는 듯 한숨을 쉬었다.

『이야기는 끝까지 들어라, 멍청한 것. 칼을 다시 칼집에 넣어라. 그러면 칼에 힘이 돌아온다. 하지만 타이밍을 잘못 잡으면 치명적인 빈틈이—.』

"재충전이라니, 로망의 결정체잖아요……!"

『……뭐, 너라면 괜찮겠지. 두 용사 중 하나는 문제아로군.』

마이너스적인 부분도 어떻게 생각하느냐에 따라 플러스가 된다.

재충전이라는 로망 넘치는 기믹에 내 기력과 기분이 업되었다.

『슬슬 무구와 나의 연결이 끊어질 거다. 나머지는 내가 설명하지 않아도 괜찮겠지.』

"조언해 주셔서 감사합니다! 다음에는 실제로 만나서 얘기하고 싶어요!"

『…….』

하지만 파르가 님의 대답은 없었고 전화를 뚝 끊듯 목소리가 끊어졌다.

"어라……?"

어, 이건 그거지? 대답하기 전에 연결이 끊어진 거지? 자연스럽게 만남을 거부당한 거 아니지?!

"역시 용사…… 아니, 그저 용사라는 이유로 칭찬하는 건 실례인가."

"……!"

"제대로 이름을 밝히기로 하지. 내 이름은 아미라 베르그레트. 마왕님을 섬기는— 아무 직함도 없는 전사다."

전격 대미지는 확실하게 아미라의 몸을 좀먹고 있을 텐데 아까보다도 강한 압력과 기백이 느껴져서 나는 칼집에 넣은 칼을 잡았다.

저쪽이 이름을 밝혔으니 나도 통성명하는 것이 예의겠지.

"나는 스즈네. 이누카미 스즈네야."

"홋, 인간의 몸으로 우리 마족의 힘을 쉽게 능가하다니. 인간은 정말로 무서운 존재야. 하지만……."

그렇게 말을 이은 아미라는 다시 몸에 화염 갑옷을 둘렀다.

이전과는 비교가 되지 않는 열량이었다.

십여 미터 이상 떨어져 있는데도 전해지는 열기를 피부로 느끼고, 아미라가 다음 일격에 얼마나 큰 힘을 담을지 이해했다.

"이누카미 스즈네! 너를 살려 보내지 않겠다! 마왕님을 위해 내 목숨을 걸고 여기서 너를 죽이겠다!"

"그래……? 공교롭게도 나는 반드시 살아서 돌아가야 하거든! 오기로라도 넘어서 주겠어!"

칼을 뽑은 나는 양손으로 칼자루를 움켜쥐며 아미라를 노려보았다.

"간다!"

이 일격에 충전한 마력을 담는다!

도신을 덮는 마력이 가속하여 폭발적인 전격과 함께 진동하기 시작했다.

"와라!"

아미라의 목소리에 맞춰 하단 자세로 칼을 든 채 힘껏 앞으로 발을 내디뎠다.

순식간에 최고 속도에 도달한 나는 화염을 몰아내며 아미라에게 칼을 휘둘렀다.

아미라는 내 움직임을 예상했다는 듯 정확하게 내게 검을 내리쳤다.

"윽!"

"하아아아!"

화염을 휘감은 검과 전격을 띤 칼이 맞부딪쳤다.

서로의 마력이 터지며 칼날처럼 몸에 상처를 냈지만 그래도 앞으로 내디디려고 하는 발은 멈추지 않았다.

"여기서 물러서면 확실하게 져……!"

지금 아미라의 일격은 문자 그대로 전신전령(全身全靈)의 일격이다.

나는 아미라처럼 목숨 걸고 싸울 이유가 없지만, 반드시 살아 돌아가야 하는 이유가 있다!

숨을 멈추고, 칼자루를 잡은 양손과 땅을 밟은 발에 혼신의 힘을 담았다.

그대로 눈을 감고서 감정이 이끄는 대로 외쳤다.

"우오오오오!"

"윽!"

외치면서 힘껏 칼을 휘둘러 전방으로 튀어 나갔다.

그대로 아미라와 스쳐 지나간 나는 속도를 주체하지 못하고 땅을 굴렀다.

"하아…… 하아…… 해치웠나?"

황급히 몸을 일으켜 아미라가 있던 곳을 보니, 용해된 것처럼 반으로 잘린 검을 쥔 채 무릎 꿇은 그녀의 모습이 있었다.

공격이 직격했을 옆구리에서 피가 흐르고 있는데 아직도 의식을 유지하고 있다니…….

"……훌륭한 일격이었다. 어떻게든 검의 궤도는 틀었지만 예상 이상의 위력이야……."

"더, 싸울 거야?"

"훗, 마음 같아서는 계속 싸우고 싶지만…… 공교롭게도 이 싸움은 나 혼자만의 싸움이 아니니까. 여기서 물러나도록 하지."

아미라는 옆구리를 누른 채 그 자리에서 높이 뛰었다.

그리고 어디선가 날아온 비룡의 다리를 잡아 이곳에서 이탈해 버렸다.

물러날 때도 멋있네.

나도 사역마가 생기면 저렇게 화려하게 떠나 보고 싶다.

"하아아아……. 강적이었어. 뇌수보다도 훨씬……."

싸움에 임하는 각오도, 기백도, 경험도, 명백하게 나를 웃돌았다.

분하지만 이 칼이 없었다면 나는 아미라를 이기지 못했을지도 모른다.

"조금 과하게 무리했나…… 아야야……."

역시 나도 무사할 수는 없었는지 몸이 여기저기 상처투성이였다.

어쨌든 칼을 집어넣으려고 했을 때, 문득 이 칼에 이름을 짓지 않았다는 것을 깨달았다.

작명은 곧 직감.

이누키리마루(犬切丸)…… 아냐, 뭔가 개 요괴를 벤 설화가 있을 것 같으니까 기각.

뇌구(雷狗)…… 별로 칼 이름 같지 않네. 기각.

쉬면서 몇 초쯤 생각하고 칼의 이름을 정했다.

"……이 칼은 「이누마루」라고 하자. 응. 심플 이즈 베스트야."

나중에 우사토 군에게 자랑해야지.

몸이 욱신거려 끙끙거리면서 나는 그렇게 결심했다.

＊＊＊

코가와의 싸움은 소모전 양상을 보이고 있었다.

말도 안 되는 움직임으로 빠르게 이동해 공격하는 코가, 마력탄과 그 응용으로 대응하는 나.

어느 쪽도 결정타가 없어서 그저 서로의 체력이 소모되는 싸움으로 변해 갔다.

하지만 그런 싸움에 변화가 일어났다.

『자신의 마음을 형상화하라.』

코가와 싸우는데 갑자기 알 수 없는 물체가 낙하했다.

은색으로 반짝이는 그것이 내 위에서 파열하듯 크게 빛난 순간, 그런 목소리가 들렸다.

눈을 뜨자 새하얀 세계가 보였다. 유일하게 제대로 보이는 내 왼손에 은색으로 반짝이는 구체가 올려져 있었다.

목소리의 주인은 적이 아니라는 것을 막연하게 알 수 있었다.

그렇기에 왜 우사토 시점인 것 같은 기억과 함께 그런 말을 하는 것인지 이해할 수 없었다.

하지만 이것도 의미가 있으리라고 생각하여 그 목소리가 말한 대로 내 마음을 형상화해 보고자 했다.

구체를 올린 왼손에 의식을 집중하며 작게 입을 열었다.

"……나는, 모두가 말하는 것만큼 솜씨 좋은 인간이 아니야."

인간관계를 맺는 건 심각하게 서툴고, 중요한 선택을 해야 할 때도 망설이며 혼자서는 전진하지 못하는 나약한 남자다.

남들이 나를 어떻게 생각하는지 아는 게 무서워서 파고들지 못하고, 결국 아무것도 못 한 채 찜찜한 마음으로 시간이 가기를 기다릴 뿐이다.

"하지만……."

나는 내 의지로 이 세계에서 싸우기로 했다.

친구를 위해, 나를 좋아해 주는 사람을 위해, 동료를 위해 힘을 다하려고 검을 잡았다.

설령 지금처럼 엉망이 되더라도, 그날 밤 우사토 앞에서 맹세했던 결의에 거짓은 없었다고 단언할 수 있다.

"응……?"

거기까지 생각하자 은색 빛이 더욱 강해지며 왼팔에 모였다.

그와 함께 주위를 밝게 비추던 빛이 사그라들었고 입자처럼 무산됨과 동시에 주위 풍경이 전장으로 돌아왔다.

곤혹스러워하며 전방을 보니, 검은 마력에 감싸인 코가가 수십 미터쯤 떨어진 곳에서 팔짱을 끼고 이쪽을 살피는 게 보였다.

"오, 마침내 모습을 드러냈나."

"대체 무슨 일이……?"

"한창 싸우다가 빛에 휩싸일 줄은 몰랐어. 혹시 그 왼팔은 새로운 힘이야?"

왼팔을 보고 숨을 삼켰다.

왼팔에 어느새 은색 건틀릿이 장착되어 있었기 때문이다.

우사토의 건틀릿과 흡사했지만, 풍기는 분위기와 건틀릿을 통해 몸으로 흘러드는 힘은 심상치 않았다.

『네가 용사 카즈키로군?』

"……! 당신은……?"

아까와 똑같은 목소리가 머릿속에 울렸다.

고개를 갸우뚱하고 나를 살피는 코가를 보다가 목소리가 들린 건틀릿 쪽으로 의식을 보냈다.

『내 이름은 파르가. 지금 너의 무구를 통해 말하고 있다.』

"……그렇다면 이게 우사토가 말했던 용사의 무구라고 생각하면 되나요?"

『이해가 빠르군. 얘기할 수 있는 시간은 그리 많지 않다. 그동안 무구 다루는 법을 가르쳐 주마.』

건틀릿에서 목소리가 들린 것에 놀라며 파르가 님의 말에 귀를 기울였다.

『너의 건틀릿은 마력 조작을 보조하며 빛마법을 덜 위험한 마법으로 만든다.』

"덜 위험한……."

『빛마법의 위험성은 너도 자각하고 있겠지? 접촉한 것을 없애는 마력. 강력하긴 하지만 쓰기 어려운 마법이다.』

파르가 님의 말대로 내 마력에 닿은 것은 무엇이든 소멸한다.

자기 자신도 예외는 아니기에 마법을 주먹이나 검에 휘감는 것도 거의 불가능했다.

그 난점을 건틀릿으로 보완할 수 있다면 내 전투 방식의 자유도도 더 높아진다.

오른손으로 검을 잡고 전투태세를 갖췄다.

조용히 지켜보던 코가는 해맑게 웃었다.

"오, 혼잣말은 다 했어?"

"……."

"그럼 거리낌 없이 공격하겠어!"

마력이 파열하는 소리와 함께 코가가 고속으로 이동했다.

그가 움직임과 동시에 왼손으로 마력탄을 여러 개 만들어 주위에 배치하다가 건틀릿에서 뭔가를 빨아들이는 소리가 나는 것을 알아차렸다.

"뭐지? 마력이 회복됐어?"

『빛을 마력으로 변환시킨 모양이군.』

……광합성?

방금 그건 햇빛을 흡수한 건가? 양분이 아니라 마력으로 변환했지만.

"아무튼! 마력 고갈을 걱정하지 않아도 된다는 거네!"

네발짐승처럼 펄쩍펄쩍 뛰며 이동한 코가는 속도가 실리자 비틀린 손톱을 치켜들어 마력 폭발과 함께 공격을 가했다.

이에 나는 주위에 띄웠던 마력탄을 보내며 오른손에 든 검으로 베어 올렸다.

"이제 움직임은 보여!"

"그럼 이건 어떠냐!"

변칙적인 이동으로 마력탄을 피한 녀석은 뒤로 텀블링하여 검을 피했다.

코가의 뒤에서 뭔가가 꿈틀거리더니 꼬리 같은 것이 내게 쇄도했다.

"꼬리?!"

"받아라!"

곧장 검으로 방어했지만, 공격이 적중한 순간 검의 밑동이 부서지듯 부러져 버렸다.

"크윽!"

버티지 못했나……!

적의를 드러내며 나를 베려고 하는 코가에게 왼팔의 건틀릿을 활용한 마력을 연속으로 날리려고 하니 목소리가 들렸다.

『부러진 부분은 빛으로 보완해라. 능력을 유연하게 활용해.』

"……! 네!"

검의 부러진 부분에 건틀릿을 대고 주위의 마력탄을 흡수하여 빛의 마력을 칼날로 재구성했다.

소멸의 마력을 지닌 검.

이거라면 방어할 수 없다!

평범한 검보다 가벼운 검을 눈앞에 육박한 코가에게 휘둘렀다.

"하! 그렇게 나오는 건가!"

몸을 돌려서 직격하진 못했지만, 빛의 칼날은 코가의 마력 갑옷을 없애고 가슴부터 어깨 부분까지 상처를 냈다.

코가는 상처를 누르며 내게서 거리를 벌리려고 했으나 그렇게 둘 생각은 없었다.

검을 양손으로 움켜잡고 찌르기 자세를 취한 나는 한 곳에 집중시킨 빛의 마력을 해방시켰다.

^{플래시 포인트}
"광점검!"

"으엑?!"

빛마법으로 구성된 칼날이 마력 방출과 함께 사출되었다.

^{플래시 포인트}
광점검의 단순한 강화판이지만, 이 건틀릿이 있으면 궤도를 수정하며 상대를 추적할 수 있다!

"귀찮은 기술이네!"

도망치기를 포기한 코가는 육박하는 마력 칼날에 비대화시킨 양팔을 크게 휘두르고 마력을 폭발시켜서 공격을 무효화했다.

마력 폭발로 상쇄된다면 치명상을 입히기는 어려울지도 모르겠다.

자루만 남은 검에 다시 빛의 칼날을 만들고 코가를 노려보았다.

코가도 안이하게 접근하면 위험함을 알았을 테니 이제 똑같은 전법을 쓰지는 않을 것이다.

『카즈키.』

"네."

파르가 님의 목소리에 대답했다.

그는 작게 한숨을 쉬고서 조용한 목소리로 말했다.

『너는 너무 융통성이 없다.』

"예?"

생각지도 못한 말에 일순 머릿속이 새하얘졌다.

『유연하게 싸워라. 그저 마력탄을 조종하여 날리기만 하는 건 미숙해.』

"하지만, 어떻게 해야……."

『흠……. 너의 벗인 우사토나 스즈네처럼 직감을 의지해 봐라. 전술과 수단은…… 차치하기로 하고, 그들은 네게 부족한 것을 갖추고 있으니.』

"우사토와 선배……."

확실히 두 사람의 싸움은 나처럼 딱딱하지 않다.

자신의 직감을 믿고 자유롭게…… 때때로 즉석에서 기술을 고안해 상황을 타개했다.

"나도 어렵게 생각하지 말고 해 볼까……. 감사합니다. 파르가 님."

『인사는 필요 없다. 언젠가는 알아차렸을 테니까. ……슬슬 연결이 끊어지겠군. 뒷일은 걱정하지 않아도 되겠지.』

"네, 어떻게든 해 보겠습니다!"

『건투를 빈다. 용사 카즈키.』

"네!"

그렇게 대답하자 더는 파르가 님의 목소리가 들리지 않게 되었다.

우사토가 말한 대로 자상한 분이었다.

마음을 다잡고 뺨을 찰싹 때린 나는 베인 부분을 검은색 마력으로 덮고 있는 코가에게 의식을 보냈다.

"어렵게 생각하지 말자."

손바닥에 마력탄을 만들어 주위에 띄웠다.

서른 개쯤 되는 마력탄을 동시에 조작하면서 천천히 심호흡하고 빛의 검을 역수로 들었다.

"표정이 바뀌었네."

"그래. 나도 우사토처럼 날뛰려고."

내 말에 코가는 재미있다는 듯 어깨를 떨었다.

가면 때문에 표정은 안 보이지만, 비웃는 것이 아니라 단순히 재미있어하는 것 같았다.

"하하! 할 수 있겠어? 내가 말하기도 뭐하지만 그 녀석은 상당해."

"해내겠어."

옆으로 마력탄을 끌어당기고, 역수로 쥔 빛의 검으로 쳐서 코가에게 날렸다.

그대로 마력탄을 거느리며 코가를 향해 달려 나갔다.

"먼저 덤비는 건가!"

"그러지 않으면 너는 안 잡히니까!"

코가와 싸우면서 내가 먼저 공격하는 건 처음이었다.

다가오는 나를 보고 등에서 낫을 네 개 만든 코가는 마력탄에 대처하며 요격하려고 했다.

돌진과 동시에 휘두른 빛의 검과, 마력 폭발을 이용한 코가의 팔이 격돌했다.

"하아아!"

"으, 오오오!"

마력 폭발로 생긴 가시는 내 마력으로도 쉽게 없앨 수 없다.

섣불리 맞붙지 않고 칼자루를 놓아 근접전으로 간다!

"방법은 있어!"

"그 전에 꼬치로 만들어 주마!"

마력을 휘감은 건틀릿을 휘둘러 코가의 가면과 가슴 부근에서 튀어나온 마력 가시를 없앴다.

"하하! 역시 가차 없네! 그 마법!"

뒤로 뛰며 기쁘게 말한 코가의 목소리는 천진난만한 어린아이 같았다.

자칫 잘못하면 순식간에 죽을 수 있는 싸움을 즐기고 있었다.

분명 이 녀석과는 평생 서로를 이해할 수 없을 것이다.

그런 확신과 함께 말로 표현할 수 없는 감정에 이를 갈며 여러 마력탄을 내 옆으로 끌어당겼다.

"더는 놓치지 않아!"

발치에 부유시킨 마력탄을 하나로 집약시켜 힘껏 걷어찼다.

우사토의 치유마법탄과 똑같은 원리로 날린 마력탄은 코가에게 쇄도함과 동시에 분열하여 그를 덮쳤다.

그랬는데도 등에 난 낫에 대다수가 막히고 말았지만 몇 개는 코가의 다리를 도려냈다.

"억……?!"

코가가 땅에 쓰러지려고 하며 움직임이 둔해져서 나는 주위의 빛을 마력으로 변환시켜 건틀릿에 집약하고 계통 강화를 발동시켰다.

"계통 강화『집(集)』……!"

마력이 담긴 건틀릿이 큐이이잉 하고 날카로운 소리를 내기 시작했다.

코가를 향해 손바닥을 든 나는 크게 외치며 그것을 방출했다.

"받아라아아!"

방출된 빛의 마력은 강렬한 번쩍임과 함께 격류가 되어 눈앞의 풍경을 침식해 나갔다.

빛 계통 마법에 의한 광범위 공격.

그 엄청난 빛에 나 자신도 눈을 뜨고 있을 수 없었다.

몇 초간의 짧은 방출 뒤에 빛이 사그라들었다. 눈앞의 지면은 부채꼴로 파였고, 땅에 버려진 무구도 소멸하여 모든 것이 사라진 상태였다.

"해치웠나······?"

코가의 모습도 없었다.

······위력이 너무 강했다. 이건 혼전에서는 쓸 수 없겠다.

"······윽!"

그때, 왼팔에서 둔탁한 통증이 느껴졌다.

살펴보니 건틀릿 틈으로 연기가 났고 건틀릿 자체도 열을 띠고 있었다.

뜨거움은 느껴지지 않지만, 아무래도 이 기술은 그런대로 부하가 걸리는 듯했다.

역시 마력을 펑펑 써 댈 수는 없나······.

"어쨌든 이곳은 끝났—."

"아직 안 끝났어!"

"웃?!"

그 목소리에 돌아보자 내게 주먹을 날리는 코가의 모습이 시야에 들어왔다.

"이얍!"

"윽······!"

건틀릿으로 막으며 거리를 벌렸다.

코가를 보니 왼팔에서 피가 나고 있었다.

"조금만 늦게 도망쳤다면 흔적도 없이 소멸될 뻔했어. 하하하."

"넌 뭐야······. 정상이 아니야."

"나는 말이지, 무엇보다도 싸우는 게 정말 좋아."

담담히 그렇게 말하며 코가는 다친 왼팔을 검은 마력으로 덮어 지혈했다.

　상당히 크게 다쳤을 텐데 녀석은 고통스러워하기는커녕 웃고 있었다.

　"이해 못 하겠지? 뭐, 세상에는 오로지 하나만 알고서 살아 온 녀석이 있다는 거야. 나처럼."

　"……."

　"하지만 그걸 이해하고 나와 싸우며 놀아 준 게 우사토뿐이었으니까. 그 점은 고마워하고 있어. 정말로."

　거기까지 말하고서 코가는 마력으로 형성한 왼팔을 낫 형태로 변형시켰다.

　이 녀석과 더 싸워야 하는 건가!

　나도 왼팔에 마력을 담으려고 했을 때, 상공에서 커다란 그림자 다섯 개가 내려왔다.

　"코가 님!"

　나와 코가 사이에 끼어들듯 내려온 것은 비룡에 탄 마왕군 병사였다.

　비룡 다섯 마리가 나를 위협하듯 낮게 울었고, 그 등에 탄 병사가 의아해하는 코가에게 말했다.

　"코가 님, 물러나 주십시오!"

　"뭐? 무슨 소리야?"

　"제1군단장 보좌관님의 명령입니다!"

"……내가 한 일이라고는 용사와 치유마법사의 발을 묶은 것뿐인가. 너무 한심한데. 알겠어. 일단 본진으로 돌아갈까."

코가는 약간 어깨를 떨구며 비룡에 올라탔다.

비룡이 하늘로 올라가려고 할 때 정신을 차린 나는 마력탄을 날려 비룡을 떨어뜨리려고 했지만, 코가가 왼팔을 채찍처럼 휘둘러서 쳐 냈다.

"멈춰!"

"어중간하게 중단해서 미안, 빛의 용사. 또 만날 기회가 있으면 마저 싸우자!"

이대로 놓칠 수는 없다!

어떻게든 비룡을 떨어뜨리려고 했지만, 비룡에 탄 병사들이 막아서며 방해했다.

코가는 내버려 둘 수 없는 적이다.

싸우면서 강해지고, 상궤를 벗어난 행동을 한다.

무엇보다 싸움에 대한 의욕 자체가 비정상적이다.

하지만 코가를 태운 비룡은 내 마법이 닿지 않는 높은 곳으로 날아가 버렸다.

나는 그 모습을 노려볼 수밖에 없었다.

제3화 결판! 거대 뱀 바르지나크의 최후!!

마물 박사로서 바르지나크 관리를 맡은 내가 하는 일은 간단하다.

사랑스러운 작품인 바르지나크를 마왕군의 거점에서 조종하며 압도적인 폭력에 적이 유린당하는 모습을 지켜보는 것이다.

"휴루르크 씨, 바르지나크 쪽은 어떻습니까?"

"첫 번째 탈피로 더욱 진화했어요. 이야~ 역시 나의 최고 걸작이야!"

바르지나크의 시야를 공유하는 수정을 들여다보는 내게 말을 건 사람은 백발을 올백으로 넘긴 장년 남성, 제1군단장 보좌관인 기레드 씨였다.

젊은 사람이 많은 마왕군 안에서 얼마 없는 연장자인 그는 여유가 느껴지는 온화한 어조로 말했다.

"당신이 최고 걸작이라고 칭한다면 전선은 조금 더 버틸 거라고 생각해도 되겠군요."

"네. 하지만 다른 아이들이 허무하게 당해서. 심지어 꼬치가 됐어요, 꼬치가! 너무 잔혹해!"

평범한 크기의 바르지나크는 땅마법을 다루는 마법사에게 당하고 말았다.

역시 구형으로는 땅속에서 나오는 마법 공격에 대응할 수 없었던 모양이다.

어쩔 수 없다는 마음도 들지만 분하기는 했다.

"그보다 제2군단장과 아미라를 퇴각시켜도 괜찮은 건가요?"

"그 두 사람은 마왕군의 중요한 전력입니다. 아미라 씨는 괜찮을지 몰라도, 코가 씨는 문자 그대로 죽을 때까지 싸울 테니 이쯤에서 말려야 해요. 그들을 헛되이 죽일 수는 없죠."

"……뭐, 용사의 발을 묶는다는 최소한의 역할은 수행했으니까요."

제2군단장 코가와 그 부하인 전 3군단장 아미라가 용사와 싸우고 있는 상황에서 기레드 씨는 두 사람에게 퇴각하라는 지령을 내렸다.

우리에게 위협이 되는 두 용사의 발을 묶었으니 결과적으로는 활약이 됐지만, 제2군단장이 한 짓은 독단전행이었다.

"적어도 제3군단장이 붙잡히지 않았다면……."

"그녀의 포박은 우리도 예상하지 못한 사태였습니다."

이런 때야말로 그 성격 더러운 새 3군단장 한나가 있어야 하는데.

생긴 건 예뻐도 속내가 시꺼먼 한나가 있었다면 전황은 더 호전되었을 테지만 그녀는 인간에게 붙잡히고 말았다.

그 자리에 있었던 병사가 『검은 날개가 달린 악마가 납치해 갔습니다!』, 『하늘을 나는 치유마법사에게 납치당했습니다!』 하고 영문 모를 보고를 했을 정도니, 제3군단장을 잃은 전장이 얼마나 혼란스러웠는지 알 만했다.

"덕분에 지휘할 수 있는 사람이 제1군단장 보좌인 기레드 씨뿐이야."

"지휘는 제가 할 수 있습니다. 하지만 지금 전황은 좋다고 할 수 없어요."

"그렇죠."

남의 일처럼 중얼거렸지만, 제3군단장의 마법으로 건 세뇌가 풀린 지금, 상대편의 전력은 점차 회복되고 있었다.

"……지금부터는 소모전이 될 겁니다. 휴루르크 씨, 되도록 마물을 부딪쳐서 마족의 희생을 줄이라고 각 부대장에게 전달해 주세요."

"알겠습니다."

종이에 붓을 놀려 전달할 내용을 적은 나는 전달용으로 조교한 그로우 울프의 목줄에 그것을 동여매고 각 부대장에게 보냈다.

멀어지는 그로우 울프를 바라보고 있으니 기레드 씨가 중얼거렸다.

"이 전력으로 승리하는 게 가장 좋겠지만……. 그게 무리라면 마왕님이 포기하시기 전에 최소한의 방비를 갖춰야……."

"응? 마왕님이 왜요?"

"……"

기레드 씨는 심각한 표정으로 입을 다물어 버렸다.

그의 시선은 전장에서 이상한 존재감을 발산 중인 커다란 토네이도— 제1군단장이 만든 엄청난 바람마법에 가 있었다.

……내 질문에 대답해 줄 것 같지 않으니 다른 질문을 할까.

"제1군단장이 걱정되나요?"

"예. 네로 님이 숙적이라고 칭하는 상대와의 싸움이니까요."

그대로 눈을 감은 기레드 씨는 중얼거리듯 말했다.

"아마⋯⋯."

"응?"

"아마 네로 님의 싸움이 끝났을 때— 이 전쟁의 행방이 정해지겠
죠⋯⋯."

무슨 말이지? 한 마족과 한 인간의 승부로 전쟁이 끝난다는 건가?

의아해하며 진의를 추궁하려고 했을 때, 바르지나크의 시야를
공유하는 수정 속 영상이 크게 흔들렸다.

바르지나크의 코앞에는 흰색과 검은색이 섞인 옷을 입은 소년과
하얀 창을 든 여기사가 서 있었다.

"응?"

내가 그 두 사람을 인식한 순간, 소년이 엄청난 기세로 돌격하고
얼음덩어리가 떨어지는 광경이 보였다.

시야가 뒤집히며 땅에 내동댕이쳐진 바르지나크의 몸을 땅마법
이 구속했다.

하지만 바르지나크는 아직 건재했다.

이 정도에는 당하지 않는다.

당하진 않지만⋯⋯!

"이 인간들, 너무 무자비하지 않아⋯⋯?"

비현실적인 광경을 본 나는 멍하니 그렇게 중얼거릴 수밖에 없었다.

***

 레오나 씨와 함께 바르지나크와 싸우면서 알았는데 이 녀석은 엄청나게 머리가 좋았다.

 한 번 본 기술은 바로 대응하고, 우리에게 가하는 공격도 페인트 동작을 섞거나 독으로 시야를 가려서 확실하게 맞히려고 했다.

 뭐랄까, 덩치도 크면서 정말로 치사한 방식으로 싸웠다.

 독을 피하고, 꼬리를 피하고, 달려드는 이빨을 피하고, 거구에 맞아 날아가지 않도록 한다.

 그게 바르지나크를 상대하는 데 필요한 마음가짐이었다.

 단순한 물리 공격이어도 커다란 덩치로 하면 일격에 치명상이다.

 몸집이 큰 것은 그것만으로도 무기지만, 반대로 말하면 우리가 파고들 빈틈이 되기도 했다.

 "으랴!"

 "하앗!"

 바르지나크가 지상에 있는 나를 깨물려 함과 동시에 그것을 피하고, 레오나 씨와 함께 머리에 올라타 공격을 가했다.

 하지만 그 공격은 별로 효과가 없었는지 잠깐 주춤한 바르지나크가 머리를 크게 흔들어 우리를 떨어뜨렸다.

 "꺄아아!"

 『어, 어떻게든 해 봐, 우사토!』

 "알고 있어!"

허공에 내던져진 나는 자세를 바로잡고 마력 폭발을 이용해 레오나 씨에게 날아가 손을 내밀었다.

"레오나 씨, 잡아요!"

"윽, 미안해!"

페름의 검은 마력으로 레오나 씨를 안은 나는 마력 폭발로 낙하 속도를 완화하며 착지했다.

"생각보다 더 단단하네요."

"그러게. 저 비늘을 뚫으려면 고생할 것 같아. ……그, 그리고, 이제 놔줘도 돼."

"아, 죄송해요."

곧장 검은 마력을 풀고 레오나 씨에게서 떨어졌다.

괜한 짓을 했나?

레오나 씨라면 공중에 내던져졌어도 어떻게든 대처했을지도 모른다.

"샤아아아!"

"투척 부대, 끊임없이 던져라!"

하이드 씨의 지시하에 니르바르나의 전사들이 바르지나크에게 수많은 창을 던졌다.

하지만 그것들은 바르지나크의 비늘을 뚫지 못하고 땅에 떨어질 뿐이었다.

"레오나 씨, 전법을 바꾸죠."

"음? 뭔가 작전이 있는 건가?"

"제가 미끼가 될게요."

"『뭐……?』"

내가 제안하자 네아와 페름이 싫어했다.

"……흠, 보통은 말려야겠지만 너라면 괜찮을 것 같아."

"아니, 말려!"

"걱정하지 마. 나도 엄호하겠어."

"그런 문제가 아니야!"

네아가 날개를 퍼덕이며 열심히 호소했다.

하지만 레오나 씨는 지극히 진지한 표정이었다.

"너는 우사토의 사역마잖아? 우사토를 믿어야지."

"이 녀석의 터무니없는 행동력만큼은 믿어! 반드시 이상한 짓을 저지를 거야!"

내가 늘 뭔가 저지르는 것처럼 말하지 말아 줄래?

아무튼 가장 잘 움직일 수 있는 내가 바르지나크의 미끼가 되고, 그 사이에 레오나 씨가 큰 기술을 쓰라고 하자.

아마 이 상황에서 가장 공격력이 있는 사람은 레오나 씨와 하이드 씨일 것이다.

"하이드 씨라면 저와 레오나 씨의 움직임을 보고 눈치챌 테니까 바로 행동하죠."

"그래."

니르바르나의 전사들이 바르지나크의 집중력을 떨어뜨리고, 내가 미끼가 되고, 레오나 씨가 결정타를 날린다.

레오나 씨가 나와 거리를 둔 것을 확인하고서 네아와 페름에게 말했다.

"다시 한 번 간다, 네아, 페름."

"시, 싫어!"

『웃기지 마!』

네아와 페름은 전력으로 거부했다.

아까 무모하게 굴었던 걸 생각하면 이렇게 반응하는 것도 무리는 아니지만—.

"샤아아! 기에에에!!"

"이미 저 뱀이 나를 포착했으니까 포기해."

"싫어어어어어!"

『으아아아아아?!』

하늘 높이 올라간 꼬리가 내게 떨어졌다.

작은 빌딩 정도는 무너뜨릴 만한 박력 있는 일격이었지만 못 피할 정도는 아니었다.

"느려!"

마력 폭발을 이용해 순간적으로 가속, 꼬리 공격으로부터 도망쳤다.

땅을 때린 꼬리는 지면이 흔들릴 정도의 굉음과 먼지를 일으켰으나 휘말린 사람은 없었다.

"그 정도 공격은 몇 번을 해도 안 맞아! 이 느림보야!"

"기익……! 샤아……!"

내 도발에 바르지나크가 낮게 울며 보라색 숨을 토했다.

눈초리도 더 날카로워졌고, 무엇보다 나 말고는 아무것도 안 보이는 것 같았다.

……혹시 화났나?

"네아, 혹시 저 녀석…… 말을 알아듣는 건가?"

"저 반응을 보면 가능성은 있어."

그렇다면 이용하자는 생각에 크게 숨을 들이쉬고 외쳤다.

"네가 하는 공격 따위에 맞을 리가 없잖아! 너는 결국 몸집만 커다랄 뿐이야!"

"시, 시시, 샤아아아!"

화가 머리끝까지 난 모습으로 바르지나크가 포효했다.

"분하다면 나를 잡아먹어 봐! 할 수 있다면 말이야!!"

도발이 잘 먹힌 것을 확인한 나는 만족스럽게 고개를 끄덕였다.

"좋아!"

"좋긴 뭐가 좋아아아! 바보야?! 역시 뇌까지 근육이 되어 버렸어?!"

내 뺨을 날개로 찰싹 때린 네아가 울상이 되어 그렇게 호소했다.

페름은 『아~ 나는 여기서 죽는 건가~』 하고 포기한 듯 중얼거렸다.

왜 둘 다 벌써 포기하는 거지.

나는 시니컬하게 웃으며 팔짱을 꼈다.

"훗, 네아. 녀석이 우리한테만 주목하면 그만큼 레오나 씨가 공격하기 쉬워져. 아니야?"

"「우리」 같은 소리 하네! 왜 은근슬쩍 나까지 끌어들이는 거야!"

"네아, 페름, 힘들 때도 우리는 함께야."

『어? 아, 응…….』

"페름! 홀라당 넘어가지 마!"

그런 대화를 나누고 있으니 우리를 노려보던 바르지나크가 크게 공기를 들이마셨다.

"하이드 씨! 독이 올 거예요!"

나는 크게 외치고서 장소를 이동해 바르지나크의 주의를 끌었다.

주위에 아군이 없음을 확인한 나는 그 자리에 멈춰 서서 치유마법을 몸에 둘렀다.

들이마신 공기의 양을 볼 때 녀석은 광범위하게 독을 토할 작정이리라.

나라면 도망칠 수 있겠지만 다른 사람이 휘말릴 가능성이 있었다.

"여기서 막겠어! 네아, 독 내성을 걸어 줘!"

"이렇게 된 이상 싸워 주겠어!"

"페름, 네아와 내 전신을 덮고 왼팔에 방패를 만들어 줘!"

『알겠어!』

네아의 마술로 독 내성이 부여되고, 왼팔은 땅에 꽂는 타입의 큰 방패로 바뀌었다.

어둠마법으로 만들어진 옷이 내 머리와 네아의 작은 몸을 감쌌다.

"샤아아아!"

"웃, 왔어!"

그와 동시에 바르지나크가 우리에게 독을 뿌렸다.

시야 전체를 뒤덮는 보라색 독안개.

그 광경을 보고 사룡과의 싸움을 떠올리며, 땅에 꽂는 커다란 방패로 변한 왼팔을 들었다.

그리고 버티고 선 왼발에 어둠마법으로 말뚝을 만들어서 풍압에 몸이 날아가지 않도록 땅에 박았다.

"큭!"

독안개가 눈사태처럼 방패를 때렸다.

내성 주술과 치유마법 덕분에 독은 완전히 막았지만 문제는 이 다음이었다.

방패를 땅에서 뽑고 독안개를 흘리듯 그것을 해제했다.

"우사토?!"

『너 뭐 하는 거야?! ……헉?!』

다음 순간, 입을 쩍 벌린 바르지나크가 독안개 속에서 달려들었다.

독안개를 계속 방패로 막고 있었다면 속수무책으로 잡아먹혔겠지만, 그 전법은 이미 다른 개체와 싸우며 경험했다!

"이렇게 나올 줄 알고 있었다고!"

마력 폭발을 이용해서 지면까지 도려내는 이빨을 피했다.

측면으로 이동한 나와 바르지나크의 시선이 마주쳤다.

"페름, 창을 만들어 줘! 최대한 크게!"

『아, 알겠어!』

오른팔에서 검은 마력이 막대 형태로 늘어나더니 끝이 뾰족해졌다.

그것을 양손으로 꽉 움켜잡은 나는 링글의 어둠에서 그랬던 것처럼 바르지나크의 오른쪽 눈을 창으로 찔렀다.

"윽, 지, 기에에에에?!"

"……!"

창으로 전해지는 생물적인 감각이 불쾌했지만 아쉬운 소리를 할
때가 아니다!

이 녀석은 여기서 반드시 쓰러뜨려야 한다!

"우사토, 벗어나!"

"알고 있어!"

즉각 창의 변형을 풀고, 아파서 머리를 땅에 부딪치는 바르지나
크를 시야에 담으며 독안개 속에서 탈출했다.

"우사토, 무사한가?!"

"네! 오른쪽 눈을 못 쓰게 만들었어요! 이 틈에 공격하세요!"

"역시 대단해! 전원, 일제 공격!!"

하이드 씨의 목소리에 맞춰 독안개 속에서 날뛰는 바르지나크에
게 공격이 가해졌다.

"―이 정도 질량이라면 효과가 있겠지."

레오나 씨의 목소리가 들림과 동시에 바르지나크의 머리 위에서
거대한 얼음덩어리가 떨어졌다.

그 얼음덩어리는 바르지나크의 몸통을 쉽사리 깔아뭉개고 주위
에 무시무시한 냉기를 퍼뜨렸다.

『너랑 아는 사이인 용사도 여러 가지로 이상하네.』

"사, 상당히 규격을 벗어난 존재가 됐어……."

역시 레오나 씨야!

저 정도 공격을 받았으니 그 커다란 뱀도—.

"샤아아아!!"

"웃, 아직도 움직이는 거야?!"

바르지나크는 자신을 깔아뭉갠 얼음덩어리를 부수며 머리를 쳐들었다.

그 증오에 찬 시선은 똑바로 나를 보고 있었다.

"……하! 철저히 나를 노리겠다는 건가. 우리한테는 그편이 좋아."

"여, 역시 뱀은 집념이 강하구나……."

『너, 원한을 너무 샀잖아…….』

나만을 노린다면 레오나 씨와 다른 사람들도 마음껏 공격에 집중할 수 있다.

내가 먼저 바르지나크에게 가려고 하자 그리 멀지 않은 곳에서 마력을 모으고 있던 레오나 씨가 나를 불렀다.

"우사토! 다음 일격으로 끝장을 낼 테니 시간을 벌어 줘!"

"알겠어요!"

레오나 씨에게 주저 없이 대답하고 그대로 바르지나크 쪽으로 달려갔다.

녀석의 주위에는 독안개가 자욱하기에 치유마법과 내성 주술은 해제할 수 없다.

하지만 그래도 방법은 있었다.

아까 레오나 씨가 바르지나크에게 떨어뜨린 얼음덩어리의 잔해로 눈을 돌렸다.

"저건 쓸 수 있겠어!"

왼손에서 하나로 뭉친 띠를 날려 지름 1미터쯤 되는 얼음덩어리에 감고 그대로 양손으로 띠를 잡아 힘껏 돌렸다.

"우, 우사토, 뭐 하려는 거야?!"

"인력 투석기야! 으랴아!!"

꼬리로 나를 치려고 하는 바르지나크에게 얼음덩어리를 던졌다.

오른쪽이 안 보여서 그런지 녀석은 피하지도 못하고 목에 맞았다.

"좋았어!"

『네아아, 이 녀석 이상해! 이상해!!』

"슬슬 익숙해져! 나도 아직 적응 안 되지만!"

"계속 간다!"

얼음덩어리는 아직 많이 있다!

그것들을 차례차례 바르지나크에게 던졌다.

세 번 정도 맞자 역시 힘든지 녀석은 포효하며 전신을 이용해 몸통박치기를 시도했다.

"네아, 꽉 잡아!"

"꺄아아아아아?!"

팔에서 날린 띠를 바르지나크에게 감고 그대로 등에 올라탔다.

발바닥에 스파이크 같은 마력을 전개하여 날뛰는 바르지나크의 몸을 등반했다.

"덩치도 커서 올라가기 쉬워!"

"샤아아아!"

"어이쿠!"

자기 몸통까지 통째로 나를 먹으려 드는 바르지나크의 등에서 뛰어내려 녀석의 몸에 띠를 감은 채 주위를 날아다녔다.

마력 폭발도 이용하며 이동하고 있어서, 녀석이 내가 뛰는 방향을 예상하려고 해도 잡을 수 없었다.

"흐하하! 내게는 너를 쓰러뜨릴 결정타가 없지만 괴롭히는 건 특기다!"

"원숭이 같아."

『거미 아닐까? 짜증 나고.』

"둘 다 셔럽!"

마구 움직이는 내 도발에 제대로 된 생각을 할 수 없는지 녀석은 기를 쓰고 나를 먹으려고 했다.

그리고 자신의 공격으로 몸에 상처를 내며 점점 똬리를 틀었다.

"움직일 수 있는 범위를 스스로 좁혔나."

"지긱, 샤아아……!"

변함없는 살의를 내게 보냈지만 그 기세는 아까보다 약해져 있었다.

"너도 생물이니까. 지치는 건 당연해."

"전혀 지친 것 같지 않은 너는 뭐야."

……아니, 나는 단련했으니까.

그리고 치유마법으로 회복하고 있어서 움직일 수 있는 거고—.

"우사토! 준비가 끝났어! 거기서 피해!!"

레오나 씨의 목소리가 희미하게 들렸다.

곁눈질로 확인하니, 원형조차 알 수 없을 만큼 빛을 내는 창을 든 레오나 씨의 모습이 보였다.

"확실히 끝장내기 위해 못 움직이게 하겠어!"

바르지나크의 발치에 굴러다니는 얼음덩어리를 띠로 잡아서 그대로 끌어당기고 원심력을 이용해 녀석의 안면에 맞혔다.

"샤아!"

녀석이 고개를 젖힌 순간, 흙으로 만들어진 예리한 가시가 땅에서 튀어나와 바르지나크의 몸을 꿰뚫었다.

"하이드 씨!"

"하하하! 너만 멋진 모습을 보이게 할 순 없지! 전원 바르지나크의 움직임을 막는다!!"

"""오오오오!!"""

우렁차게 외치며 니르바르나의 전사들이 마법으로 바르지나크의 움직임을 막았다.

움직임이 완전히 멈춘 것을 보고 나는 바르지나크의 등에서 뛰어내려 땅으로 도망쳤다.

"좋아! 착지!!"

"지, 지상이 이렇게 반가운 건 처음이야⋯⋯!"

『두 번 다시 날아다니고 싶지 않아⋯⋯.』

그렇게 무서웠나⋯⋯.

착지한 순간, 레오나 씨가 있는 방향에서 빛이 날아왔다.

광선처럼 날아온 빛나는 창은 똑바로 바르지나크의 목을 직격했다.

"샤…… 샤아……."

창이 꽂힌 곳부터 바르지나크의 몸이 얼어붙었다.

겉이 아니라 안쪽부터 얼고 있는지, 녀석의 왼쪽 눈에서 빛이 사라졌는데도 얼음의 침식은 멈추지 않았고, 끝내는 전신이 얼음으로 뒤덮여 산산이 조각났다.

"마침내 해치웠나……. 엄청난 마물이었어."

"무시무시한 생명력이었지."

『이 녀석만큼은 아니지만.』

내가 바르지나크보다도 이상한 생물인 것처럼 말하지 마.

근데 저렇게 거대한 뱀을 순식간에 얼리다니, 역시 괜히 용사가 아니구나. 레오나 씨가 와 줘서 정말 다행이다.

바르지나크를 쓰러뜨렸다는 안도감 때문인지 자리에 주저앉은 내 곁으로 레오나 씨가 다가왔다.

"우사토!"

단복에 묻은 모래를 털며 일어난 나는 무사함을 알리기 위해 한쪽 손을 들었다.

"레오나 씨. 아까 그 일격, 진짜 대단했어요."

"네 협력이 없었다면 그런 위력은 낼 수 없었어. 그런데 너는 예전보다도 움직임이 엄청나졌구나."

"하하, 그런가요?"

뭐, 페름과 동화한 덕분에 내 움직임에 큰 변화가 더해졌으니 말이지.

"바르지나크가 쓰러져서 적군의 기세가 크게 꺾인 것 같아요."

"녀석은 마왕군의 비장의 패 같은 존재였겠지. 어쩌면 이 싸움도 끝이 가까워지고 있을지 몰라."

"그럼 좋겠지만……."

그때, 그리 멀지 않은 곳에 발생해 있는 토네이도에서 굉음이 울렸다.

"우사토, 저 커다란 토네이도는 뭐지?"

"……저곳에서 제 스승님이 싸우고 있어요."

"너의 스승님? 파르가 님의 마술로 봤던 그 여성인가?"

"네."

네로 아젠스.

로즈와 인연이 있는 마족으로, 나는 상대도 안 될 만큼 강한 존재다.

로즈는 지금 그런 상대와 싸우고 있었다.

솔직히 몹시 불안했다.

네로 아젠스는 너무 강하다. 그가 두른 바람 갑옷과 붉은 검은 성가신 수준을 넘어선다.

그렇다고 저 토네이도 속에 가세하러 가는 것도 불가능했다.

설령 토네이도를 넘어가더라도 걸리적거리기만 할 테고, 무엇보다 로즈를 방해해선 안 된다.

"그 사람이라면 이길 수 있어요."

자신을 타이르듯 말하며 토네이도를 올려다보았다.

저기서 어떤 싸움이 펼쳐지고 있을지 상상이 안 갔다.

"지금은 나만이…… 우리만이 할 수 있는 일을 하죠."

"그래, 맞는 말이야."

일단은 바르지나크의 독을 마신 사람들을 치유하자.

그리고 전장에서 다친 사람들을 구하며 달려 나가자.

🌸 제4화 최강 대결! 로즈 VS 네로!!

고대하던 싸움.

자신이 만든 토네이도 속에서 로즈와 싸우는 나는 제1군단장으로서의 책무조차 내던지고 오로지 눈앞의 인간에게 의식을 집중했다.

로즈라는 치유마법사가 싸우는 방식은 무섭도록 단순했다.

주위의 모든 것을 이용하여 적을 때려눕히고자 한다.

단순하지만 그게 아주 성가셨다.

"으랴아!"

"으음!"

로즈가 휘두른 주먹이 뺨을 스쳤다.

몸에 두른 바람 갑옷이 관통됐지만, 나는 검을 돌려서 무방비하게 드러난 로즈의 몸통을 베려고 했다. 그러나 그 검은 반대쪽 손에 막혀 튕겼다.

정확히 검의 평평한 부분을 치는, 로즈의 초인적인 반사 신경이 만들어 낸 기술이었다.

공격을 피하고, 쳐 내고, 때로는 기선을 제압하고, 주위를 바람으로 난도질하며 공방을 이어갔다.

"너는 여전하군⋯⋯!"

"하! 그건 착각이야!"

로즈의 몸에 난 상처가 치유마법으로 나았으나 바람 칼날이 끊임없이 새로운 상처를 만들었다.

하지만 그건 로즈가 피하지 못했기 때문이 아니었다.

원래부터 그녀는 피부를 살짝 베는 정도의 바람 칼날 따위 피할 생각조차 하지 않았다.

"비정상적인 회복을 믿고서 나와 싸우려고 하는 존재는 너밖에 없겠지."

"애초에 이 정도 공격으로 나를 죽일 수 있으리라고 생각하는 것 자체가 틀렸어."

이전의 싸움도 그랬다.

마검으로 베는 것과 위험한 공격 외에는 피하지 않고, 오히려 맞으면서 공격하려고 했다. 마검을 매개로 날린 마법에는 특수한 효과가 없다고 판단한 직후에 그렇게 행동했다.

내가 아는 사람 중에 이토록 무서운 인간은 로즈뿐이다.

"흡!"

검의 움직임이 제한될 만큼 접근한 로즈는 집요하게 사지를 휘둘러 바람 갑옷을 돌파하려고 했다.

실제로 연속해서 로즈의 공격을 받는다면 아무리 바람 갑옷이 단단해도 깨질 것이다.

왼손에 바람마법을 휘감고 앞으로 찔렀지만 그 전에 로즈가 무시무시한 기세로 박치기를 가해서 공격이 중단되었다.

"윽!"

"같잖아……! 같잖다고! 여전히 잔재주만 부리는 모양이야!"

손날로 벤 뺨의 상처를 순식간에 고치며 거칠게 도발하는 로즈를 보니 나도 모르게 쓴웃음이 났다.

"잔재주라. 말은 잘하는군……!"

소규모 회오리를 여러 개 만들어서 로즈에게 보냈다.

"으랴아!"

하지만 로즈는 개의치 않고 발차기로 전부 없애 버렸다.

치유마법사 소년, 우사토에게는 효과가 있었던 기술이지만 로즈 상대로는 의미가 없나.

사고를 전환하여 로즈가 주먹을 날리기 전에 돌진했다.

그대로 격돌해 서로의 아래팔을 부딪친 자세로 넘어가서 바람 갑옷을 전력으로 보조하고 로즈의 괴력과 정면으로 승부했다.

"역시 강하군."

"그런 말을 하러 여기까지 왔어?"

완력만으로 나를 밀어낸 로즈는 오른발을 높이 들어 그대로 땅을 찍었다.

"으랴!"

로즈가 땅을 찍자 지진이라고 착각할 정도의 진동과 함께 지면이 거미줄 모양으로 갈라지며 서 있기 어렵게 했다.

바람으로 균형을 유지하면서 검을 횡으로 휘둘렀지만, 어느새 깊숙이 들어온 로즈가 뒤로 크게 당긴 오른팔로 내 복부를 때렸다.

"윽!"

시야가 뒤집히며 하늘을 날았다.

주먹으로 공중에 띄웠나……!

"하아아앗!"

공중에서 자세를 바로잡고 아래에 있는 로즈를 향해 보이지 않는 바람 칼날을 연속으로 날렸지만 로즈는 그 칼날이 보이는 것처럼 공격을 피하며 달렸다.

땅을 때린 바람 칼날이 지면을 블록 형태로 잘랐고, 그것이 바람에 의해 위로 들려서 싸우는 장소를 변용시켰다.

"잘도 피하는군!"

아마 근소한 공기의 흐름과 감각만으로 피하고 있을 것이다.

본능에 따라 날뛰는 짐승을 상대하는 기분이었다. 그러다가 이쪽으로 접근하는 로즈가 뭔가를 던진 것을 깨닫고 검으로 대응했다.

"돌멩이인가!"

어린애 같은 공격이지만, 로즈의 완력으로 투척하면 얘기가 다르다.

정통으로 맞으면 바람 갑옷이 관통되어 몸에 바람구멍이 뚫릴 것이다.

월등한 힘은 마법보다 무섭다.

계속해서 날아오는 돌멩이를 검으로 양단하며 착지하자 그에 맞춰 로즈가 내 마법으로 융기된 지면에 주먹을 꽂아 블록 모양 암괴를 완력만으로 던졌다.

"이거나 먹어라!"

나를 깔아뭉개려고 날아오는 그것을 양단하니 더욱 큰 암괴를 짊어진 로즈가 도약하며 이쪽으로 그것을 내던지려고 하는 모습이 보였다.

"짓뭉개져라!"

"윽!"

완전히 허를 찔려서 암괴에 깔렸다.

바람 갑옷을 최대로 전개하여 방어했지만, 로즈는 암괴를 하나 더 쌓아 올리고서 확실하게 굳히겠다는 듯 주먹으로 타격을 가했다.

"······너도, 힘만으로는 내게 이길 수 없다!"

바람 갑옷을 잠깐 해방시켜 틈을 만들고 검을 횡으로 휘둘러 암괴를 썰었다.

"진짜 끈질긴 녀석이야."

"그건 피차일반이겠지."

마족을 아득히 웃도는 신체 능력과 예민한 감각, 거기에 치유마법이라는 요소가 합쳐지면서 인간의 틀을 초월한 로즈라는 존재를 만들었다.

"우사토라는 제자도 너와 똑같은가?"

"······그렇겠지. 나와는 살짝 다른 형태로 성장하고 있지만, 언젠가는 나를 넘어설 거야."

"네가 그렇게까지 말할 정도라니······."

내 발을 묶기 위해 홀로 나섰던 소년, 우사토.

그의 목적이 시간 벌기라는 것은 뻔히 보였지만, 그래도 나는 흥미 본위로 겨루고 말았다.

마음만 먹으면 순식간에 승부를 낼 수 있는데도 말이다.

미숙하지만 그는 확실히 로즈의 제자였다.

"……."

내게도 제자가 있었다.

아미라 베르그레트.

집념에 사로잡힌 뒤로는 제대로 수행시키지 못한, 재능 넘치는 제자였다.

거의 혼자 힘으로 나와 똑같은 기술을 터득할 정도의 재능을 가진 그녀에게 스승의 역할을 포기하지 않고 지도해 줬다면— 지금쯤 얼마나 강해졌을까?

이제 와서 후회해 봤자 늦었다는 건 알지만, 로즈를, 그리고 그녀의 제자인 우사토를 보니 그런 생각이 들었다.

"너는 내가 밉지 않은가?"

"엉?"

"내가 너의 부하를 죽이고 그 오른쪽 눈을 뺏었지. 그런데도 네게서는 증오가 조금도 느껴지지 않아."

이 싸움에서 로즈의 공격에 증오가 담겨 있는 것 같지는 않았다.

화가 나기는 했을 것이다. 애초에 싸우는 동안에는 항상 화가 나 있는 여자였다.

하지만 그런 짓을 했던 나와 싸우면서도 로즈는 마음이 흐트러지지 않았다.

그걸 나는 이해할 수 없었다.

"확실히 네가 한 짓은 용서하기 어려워. 내가 가장 믿었던 부하들을 웃기는 방법으로 죽였으니까."

"그렇다면 왜 너는 나를—."

"시끄러워."

그 말에 대한 대답은 강렬한 주먹이었다.

날카롭게 나를 노려본 로즈는 치유마법의 마력을 연기처럼 휘감은 주먹을 휘둘렀다.

찌르는 듯한 일격에서 생겨난 충격이 바람 갑옷을 관통하고 복부에 둔탁한 통증을 줬다.

방금 그 일격은 뭐지?!

타격에 더해 한층 더 충격을 주다니?!

대체 무슨 기술을 쓴 거야?

"자만하지 마, 멍청아. 너와의 인연 따위 내 안에서는 한참 전에 끝난 일이야. 네가 싸우고 싶어 하는 이유에 나를 끌어들이지 마."

"……!"

"시시한 문답은 여기까지다. 덤벼라, 네로 아젠스. 그 한심한 낯짝에 주먹을 때려 박아 주마."

손에 묻은 피를 털어 낸 로즈는 예전과 조금도 다르지 않은 강한 의지가 담긴 눈으로 나를 바라보았다.

***

그 녀석들이 죽었을 때의 광경은 지금도 선명하게 떠올릴 수 있다.

그 일이 있고 나서 한동안은 실의와 절망의 구렁텅이에 있었다.

미숙했던 나 자신과 네로 아젠스에 대한 분노.

그리고 끊임없이 치솟는 마족에 대한 증오.

한때는 그대로 마왕령에 쳐들어가 닥치는 대로 마족을 죽이자는 멍청한 생각도 했었다.

만약 그걸 실행했다면 나는 틀림없이 옳지 못한 길에 빠졌을 것이다.

그렇게 잔학한 짓을 저질렀어도 이상하지 않을 만큼 여유가 없었던 내가 그러지 않을 수 있었던 것은 부대장— 아울이 죽으면서 한 말이 있었기 때문이리라.

『저는, 당신 밑에서 싸울 수 있어서, 후회하지 않아요.』

네로의 마검을 맞고 치명상을 입었으면서도 했던 말.

『줄곧 저희가 동경하던 모습으로 있어 주세요.』

필사적으로 치유마법을 걸려고 하던 내게, 상황과 어울리지 않을 만큼 온화하게 미소 지은 아울은 마지막 순간에 결코 사라지지 않을 쇠사슬을 남기고서 갔다.

『그것이, 대장님, 당신이니까…….』

그 말이 나를 붙잡았다.

그 녀석들이 동경했던 모습으로 있는 것이, 살아남아 버린 내가 할 수 있는 유일한 일이었다.

　복수하려 드는 나를 봤다면 그 녀석들은 분명 웃었을 것이다.

　그런 건 대장답지 않다며 바보같이 크게 웃었을 터다.

　그렇기에 나는 그 녀석들에게 부끄럽지 않게 살자고 결심하고 구명단을 만들었다.

　멈춰 서는 것이 아니라 앞으로 나아가기 위해.

　"로오오즈!"

　네로의 성난 목소리를 듣고 정신을 차렸다.

　아아, 지금은 싸우던 중이었지.

　미끄러지듯 접근하는 네로를 보고 주먹을 들었다.

　네로 아젠스와의 두 번째 싸움.

　한때는 살의에 빠져 죽이고자 했던 상대지만, 녀석과 다시 마주한 나는 스스로도 놀랄 만큼 냉정했다.

　연속해서 날리는 바람 칼날을 손날로 없애고 네로를 요격했다.

　이 녀석과 싸우면서 조심해야 할 것은 마검에 맞지 않는 것이었다.

　"흥!"

　몸통을 베기 위해 횡으로 그어진 마검의 평평한 부분을 주먹으로 쳐서 강제로 궤도를 틀었다.

　칼끝에서 나온 바람 칼날이 아득한 뒤편으로 날아가 우리를 에워싼 토네이도에 격돌하자 한층 큰 바람이 뒤에서 불었다.

　네로는 물 흐르듯 검을 움직여 잇따라 참격을 가했다.

　"여전히 마검에 의존하나."

공격하기 전에 중단시키고, 검의 평평한 부분을 주먹으로 쳐서 피했다.

그렇게 하면 마검 자체에는 안 맞을 수 있지만, 이것만으로 처리할 수 있을 만큼 눈앞의 마족은 녹록한 상대가 아니었다.

뒤로 물러나며 마검에 대응하는 나를 향해 손바닥을 든 네로가 돌풍을 날렸다.

"하앗!"

"윽!"

갑작스러운 바람에 밀려 후방으로 날아갔다.

공중에서 자세를 바로잡고 땅에 착지함과 동시에 한층 큰 바람 칼날이 날아왔다.

계통 강화로 만든 바람 참격인가!

"이건 안 피하면 위험하겠는데……!"

그 자리에서 도약하여 바람 칼날을 회피했다.

하지만 공중에 뜬 내 앞에 이미 검을 든 네로가 있었다.

"오오오오!"

네로는 낮게 외치며, 눈을 크게 뜬 내게 마력을 담은 검을 휘둘렀다.

몸통에 충격이 가해지고, 마검에 담긴 마력이 바람 칼날이 되어 전신에 열상을 새겼다.

하지만 그래도 내 몸은 아직 붙어 있었다.

"우쭐대지 마……!"

"아니?!"

전신에 난 상처를 치유마법으로 고치며 입가를 크게 비틀었다.

"네가 검을 쓰는 모습을 내가 얼마나 많이 봤는데, 엉?"

주먹과 주먹 사이에 검의 평평한 부분을 끼워서 막자 네로의 눈이 휘둥그레졌다.

"피투성이가 되어서도 웃는 건가. 괴물이군⋯⋯!"

"내 쪽이 공격을 받고 있잖아. 너한테도 한 방 정도는 먹여야지!"

서로 땅에 착지하는 순간을 노려 오른팔을 크게 휘둘러서 검을 든 네로의 팔과 함께 목을 걸어 넘어뜨렸다.

"윽⋯⋯!"

당연히 바람 갑옷 덕분에 멀쩡할 것은 알고 있었다.

하지만 그것도 벗겨 내면 그만이다.

그대로 발목을 잡아 휘둘러서 땅에 패대기쳤다.

한 번 패대기칠 때마다 흙덩어리가 산산이 부서졌다.

그 정도 충격을 받으면서도 네로는 손에 든 마검을 놓지 않았고, 건방지게도 바람마법을 흙덩어리에 맞혀서 충격을 억제하려고 했다.

"그렇게 나오겠다 이거지!"

더 힘을 줘서 네로를 패대기친 후 그대로 내던지고 충격으로 괴로워하는 녀석의 배를 걷어찼다.

"으랴아!"

네로는 그대로 날아갔지만, 걷어찬 느낌을 볼 때 바람 갑옷을 돌파하지 못한 것 같았다.

이전보다도 확실하게 견고해졌다.

"조금 전의 그거 때문인가?"

시시한 소리를 지껄이던 네로를 후려쳤을 때 썼던 기술.

시험 삼아 써 본 기술이 네로에게 효과가 있을 줄은 몰랐다.

하지만 그것 때문에 경계심이 커진 네로는 바람 갑옷을 더 견고하게 바꿔 버렸다.

뒤집어 말하자면 그 기술을 써서 네로의 갑옷을 뚫을 수 있다는 뜻이었다.

"너는 정말로 예상할 수 없는 녀석이야, 우사토."

이곳에 없는 녀석을 떠올리며 웃었다.

마지막이라 생각하고 데려온 녀석이었다.

구명단을 만든 내가 맨 처음 추구한 것은 유사시에 나를 대신해 움직일 수 있는 치유마법사였다.

죽지 않는 부하.

나와 똑같은 치유마법사.

하지만 그 계획은 훌륭하게 실패로 끝났다.

내가 원하는 치유마법사로 만들기 위한 훈련을 어떤 치유마법사도 따라오지 못했기 때문이다.

포기하려고 했을 때, 우사토를 발견했다.

"훗……."

다들 좌절하여 도망친 훈련 속에서 반골 정신으로 똘똘 뭉친 눈빛을 보내던 우사토의 모습이 떠올랐다.

그때는 나답지 않게 진심으로 놀랐었다.

평범한 애송이라고, 바로 울며 도망칠 거라고 생각했는데 실은 아주 웃긴 녀석이었다. 놀라지 않는 게 이상했다.

"그때부터였겠지."

아울의 말을 따라 목표도 없이 전진하던 내가 명확한 목표를 정한 것은…….

"우사토, 네가 내 시간을 움직였어. 아울이 아니라, 바로 네가."

아울은 멈춰 서 있던 내 등을 밀어 줬다.

그리고 우사토는 목표가 없었던 내게 길을 제시했다.

"끝내자. 네로 아젠스."

흙먼지를 몰아낸 네로가 한층 강한 바람을 발산하며 서 있었다.

여전히 다친 데 없이 멀쩡한 녀석은 내 말을 부정하듯 단단히 움켜잡은 검을 옆으로 휘둘렀다.

"아니, 끝나지 않아……! 내 싸움은 그때부터 계속되고 있어……!"

"그럼 더더욱 끝내야지."

이 녀석은 내가 택했을지도 몰랐던 길 중 하나다.

부하에게 죽음을 강제했다는 자책감을 나와 싸우기 위한 집념으로 바꿔 버렸다.

그렇게 하면 죽어 버린 녀석들에게 보답할 수 있다고 여기고 이렇게 필사적으로 싸우려고 했다.

그래서일 것이다. 녀석의 갈등을 나는 아주 잘 이해할 수 있었다.

그래도 인정할 수 없는지 네로는 마검에 마력을 휘감으며 주위의 바람을 끌어당기기 시작했다.

"······저쪽도 진심인 모양이군."

아마 아까처럼 검을 잡아서 막을 수는 없을 것이다.

하지만 내 쪽에서 공격하더라도 바람 갑옷에 막혀 버린다.

"일격으로 끝장낼까······."

확실하게 바람 갑옷을 파괴하고 주먹을 때려 박아야 한다.

그러려면 바람마법으로 도망칠 수 없도록 직접 녀석의 움직임을 막을 수밖에 없다.

어떻게 해야 할지 결단한 나는 오른팔에 마력을 주입했다.

그대로 주먹을 뒤로 당기고 네로를 겨냥했다.

"······."

"······."

섬뜩하기까지 한 고요함에 휩싸여 서로를 노려보았다.

토네이도의 윙윙거리는 소리가 울리는 가운데, 자세를 낮춘 네로가 움직였다.

공기가 폭발한 듯한 강력한 바람을 받아 내 쪽으로 돌진했다.

양손으로 쥔 마검은 상단 자세로 들고 있었다. 나를 양단할 작정인 듯했다.

거기까지 보고서 짧게 호흡을 내뱉은 나는 이를 악문 채 반걸음 앞으로 내디뎠고―.

"으······!"

마검의 손잡이 쪽에 가까운 부분을 일단 왼쪽 어깨로 막았다.

"직접 칼날을 막다니?! 실성한 건가!"

칼날이 어깨에 파고드는 감촉과 아픔을 피부로 인식함과 동시에 네로의 양손과 칼자루를 왼손으로 한꺼번에 잡았다.

"너를 직접 때리려면 이 방법밖에 없는 것 같았거든……! 이제 도 망칠 수 없겠지?"

마검에 베인 어깨에서 피가 나 땅으로 떨어졌다.

치유마법으로 고칠 수 없는 상처를 입었지만, 이 녀석을 쓰러뜨 릴 수 있다면 싸게 먹히는 거다……!

왼손으로 네로의 양손을 잡고서 힘과 마력을 담은 오른팔을 뒤 로 크게 뺐다.

"내 자랑스러운 제자의 기술이야. 받아라!"

일부러 마력을 폭발시키는 우사토의 기술.

그 녀석은 특별한 건틀릿이 있어서 안전하게 쓰고 있지만, 위험성 을 무시한다면 이 기술은 똑같은 치유마법사인 나도 쓸 수 있었다.

땅이 파일 정도로 발에 힘을 주며 주먹을 때려 박았다.

주먹이 네로의 몸과 접촉함과 동시에 모든 마력을 폭발시켜서 네 로의 바람 갑옷을 파괴했다.

그리고 선혈과 함께 주먹에서 발산된 충격으로 드러난 네로의 맨 몸에 혼신의 주먹을 직격시켰다.

"으억……!"

네로의 몸이 기역(ㄱ)자로 꺾이며 마검을 쥔 손의 힘이 약해졌다.

상관하지 않고 네로의 몸을 왼손으로 확실하게 고정한 나는 그대로 주먹을 밀어붙이며 달렸다.

"이 정도에 뻗지 않는다는 건 알아! 미안하지만 철저히 때려눕히겠어!"

"으, 으으으으으으……!"

전속력으로 네로를 밀어붙여서 토네이도가 만든 바람벽 앞에 도착함과 동시에 팔을 끝까지 휘둘러 네로를 토네이도에 내팽개쳤다.

맹렬한 기세로 네로가 토네이도에 처박히자 그렇게나 주위에 피해를 줬던 거대한 토네이도가 순식간에 사라졌다.

"……우사토는 터무니없는 기술을 생각해 내는군."

네로가 날아간 방향을 노려보며 어깨에 남은 마검을 뽑았다.

도저히 잊을 수 없는, 피처럼 빨간 검.

"……이딴 건 냉큼 부숴야겠지."

누군가가 주워서 악용하면 안 될 일이라고 생각했지만, 어깨가 아파서 살짝 얼굴을 찡그렸다.

먼저 어깨 상처부터 봐야겠다.

"생각보다 상처가 깊어. 이걸 고치지 않으면 왼팔은 거의 못 쓰겠어."

상처에 작용하는 저주가 풀릴 때까지 치유마법으로 왼팔을 고칠 수 없다.

단복 주머니에서 붕대를 꺼내 옷 위에 세게 감았으나 어디까지나 응급 처치에 불과했다. 원래는 일단 거점에 돌아가서 제대로 치료해야겠지만, 그 전에 먼저 해야 할 일이 있었다.

"그럼 해치웠는지 확인하러 갈까."

물론 이 정도로 뒈질 녀석은 아니었다.

아직도 설 수 있는 상태라면 철저히 때려눕혀 주겠다.

왼쪽 어깨를 잡고서 네로가 날아간 곳으로 걸어갔다.

끌려온 마물의 사체가 도중에 방치되어 있었다. 마족과 인간의 주검도 보였다.

"······."

몇 초쯤 눈을 감았다가 다시 걸어가니 네로가 날아간 방향에서 마왕군 병사의 모습이 보였다.

그 녀석들은 나를 알아차리고 곤혹스러워하며 얼굴을 마주 보았다.

예상치 못한 사태에 놀라서 겁을 먹은 것 같았다.

"비켜."

"힉?!"

내가 네로를 날려 버린 것에 상당히 동요한 듯했다.

허둥거리는 병사들을 보고 멈춰 서 있으니 전방의 흙먼지가 걷혔다.

"윽, 커헉······."

무릎 꿇은 채 복부를 누르고서 피를 토하는 네로와 그를 회복마법으로 고치려고 하는 마족 병사가 있었다.

"······윽, 쫓아왔나."

"제, 제1군단장님······!"

녀석은 내 모습을 보더니 피를 토하면서도 일어났다.

"방금 건 효과가 있었어······. 설마 그런 기술을 숨기고 있을 줄이야."

"내 제자의 기술이야. 제법 괜찮지?"

"……홋, 그렇군. 그 소년은 그야말로 너의 제자야. 대단해."

거기서 깨달았다.

아까까지 녀석에게서 느껴졌던 집념이 느껴지지 않는다는 것을.

"거기 너, 미안하지만 검을 빌려주겠나?"

"윳, 하지만! 그 몸으로는……."

"여기서 떨어져 있어. 그리고 나와 그녀의 싸움에 간섭하지 마."

그렇게 말하고서 마족 병사로부터 평범한 검을 받은 녀석은 그것을 지팡이 삼아 일어섰다.

네로가 든 검은 어디에서나 볼 수 있는 평범한 검이었다.

이 전장에서 쓰인 탓에 이도 빠졌고, 부서지기 직전인 것처럼 보였다.

"눈이 흐려졌던 사람은, 약해진 사람은…… 나였어."

"아니, 틀렸어. 원래부터 내가 더 강했어. 헛소리하지 마, 멍청아."

"……변함없이 입이 험한 녀석이군."

이 자리에 어울리지 않는 웃음을 보인 네로에게 나는 들고 있던 붉은 마검을 던졌다.

네로는 발밑으로 날아온 마검을 보았고 나는 도발하듯 웃었다.

"쓰지 그래? 나는 딱히 상관없어."

"……아니, 이제 필요 없어."

그렇게 말하고서 바람을 휘감은 발을 치켜든 녀석은 마검을 가차없이 밟아 부숴 버렸다.

저 마검은 녀석에게 있어 강함의 증거였을 것이다.

멀찍이서 우리를 엿보던 마족들이 네로의 행동에 동요했다.

"이런 물건에 의지한 것부터가 잘못이었어."

집념과의 결별.

부서진 마검에 눈길도 주지 않고 나를 노려본 녀석은 평범한 검을 내게 겨눴다.

"이제 복수 따위가 아니다……! 나는 나를 위해 너를 무찌르겠다!"

"하! 이상한 장광설을 늘어놓는 것보다 그편이 알기 쉽네."

녀석에게는 전신에 바람을 휘감을 만한 마력이 남아 있지 않지만 아까보다도 싸우기 성가실 것이다.

네로는 전신전령으로 나를 죽이려 들리라.

부상을 입었다고 얕본다면 바보다.

다친 왼쪽 어깨가 아픈 것을 무시하고 오른손을 세게 움켜쥐었다.

"로오오즈!"

검에 바람을 휘감은 녀석이 내게 육박했다.

피를 토하면서도 귀신같은 형상을 한 녀석에게 단단히 움켜쥔 주먹을 날렸다.

찔러 들어오는 검과 주먹이 교차하며 그곳을 중심으로 돌풍이 휘몰아쳤다.

"커, 헉……!"

"내가 이겼다. 네로."

도달한 것은 내 주먹이었다.

네로의 검은 내 뺨을 스치고 허공을 갈랐을 뿐이었다.

깊숙이 꽂힌 주먹을 거두자 녀석은 그대로 땅에 엎어졌다.

"아아, 알고 있었지만…… 역시 너는 너무 강해."

"칫, 후딱 기절해."

끈질기게 의식을 유지하는 네로를 내려다보며 혀를 차자 뭐가 재미있는지 녀석은 웃기 시작했다.

"그리고 감회에 잠길 새도 없을 만큼 불합리해."

"당연하지. 나는 너 같은 걸 상종하고 있을 여유가 없어."

"그래서 나를 안 죽이는 건가?"

"알 게 뭐야. 죽고 싶으면 멋대로 죽어."

나랑 싸우고 싶어 하든, 나한테 죽고 싶어 하든, 그딴 건 알 바 아니다.

슬슬 귀찮아져서 네로를 기절시키기 위해 주먹을 쥐고 다가가려고 했을 때, 얼굴을 든 네로가 뭔가를 깨달은 표정을 지으며 피범벅이 된 입을 열었다.

"당신은, 그렇게 하시려는 겁니까……."

"엉?"

녀석답지 않은 존댓말.

나도 아니고…… 이 자리에 있는 누군가도 아닌 어떤 이에게 말한 네로는 그대로 하늘을 올려다보며 말을 이었다.

"……그렇다면 저는 당신의 선택을 존중하겠습니다. 마왕님."

"웃?!"

그 순간, 지금껏 느껴 본 적 없는 오한이 엄습했다.

뭔가가, 온다.

그게 어디서 오는지를 제일 먼저 감지한 나는 즉각 머리 위를 올려다보았고— 말문이 막혔다.

"뭐야⋯⋯?!"

하늘을 덮은 구름 틈새로 검은색 문양이 보였다.

눈에 보일 정도로 과밀하면서도 대량으로 뜬 그 문양은 마법진 같은 원형을 이루며 전장 전체를 뒤덮는 규모로 퍼지고 있었다.

그와 동시에 내 뒤에서 아까까지는 느껴지지 않았던 기척이 복수 나타나 이쪽으로 달려왔다.

즉각 요격하려고 뒤돌아본 내 시야에 들어온 것은 조금 전까지 사체였을 터인 마물, 그로우 울프였다.

"사체가 움직이고 있어?"

"기, 우, 오오오!"

갈라진 목소리로 운 그로우 울프들은 내게 눈길도 주지 않고 그대로 지나치더니 다쳐서 움직이지 못하는 마왕군 병사를 물고 어딘가로 옮기려고 했다.

"⋯⋯로즈, 너의 승리다."

죽은 마물이 움직이는 비정상적인 상황 속에서 일어난 네로는 그대로 바람마법을 발동해 사라져 버렸다.

"칫, 하고 싶은 말만 하고서 사라지다니⋯⋯."

사체였던 마물들이 움직이지 못하는 마족들을 억지로 운반했다.

지금 그로우 울프의 몸에는 우사토의 사역마인 네아가 쓰는 마술과 비슷한 문양이 새겨져 있었다.

"마술인가. 그렇다면 하늘에 뜬 저건……."

다시 하늘을 올려다보니 구름보다 높은 위치에 뜬 검은 마법진이 빛났다.

눈을 가늘게 뜨고서 누구보다 빨리 그것을 인식한 순간, 나는 다친 어깨조차 무시하고 전속력으로 부하들이 있는 거점으로 향했다.

"마왕이란 녀석은 엄청난 바보인 모양이야……!"

마법진에서 나와 구름을 없애며 떨어진 것은— 셀 수 없이 많은 불덩이였다.

마왕군은 이번 싸움에 모든 전력을 걸었을 것이다.

패배하면 다음 기회는 없다.

그렇기에 마왕군은 반드시 이겨야만 했다.

즉, 이 일을 벌인 녀석은 이렇게 말하고 싶은 것이다.

「그냥 이기게 하지 않겠다.」

전부 허사가 된다.

지금까지 싸운 것도, 희생도, 전부.

그것을 이해하고 어깨 통증도 잊을 만큼 분노한 나는 머리 위에서 쏟아지는 위협으로부터 아군을 지키기 위해 달렸다.

❀막간 불길한 징조

링글, 사마리알, 니르바르나, 캄헤리오, 네 왕국의 연합군과 마왕군의 싸움.

강대한 힘을 지닌 마왕과 그 부하인 군단장이 이끄는 마왕군은 무시무시한 데다가 매우 강했다.

그래도 평화를 위해, 그리고 자신들의 소중한 사람을 지키기 위해 많은 사람이 전장으로 향했다.

그리고 우사토도 지금 구명단의 부단장으로서 전장에서 싸우고 있었다.

"우사토……."

나는 전투가 벌어지고 있을 방향의 하늘을 올려다보았다.

지금 링글 왕국 내에는 긴박한 분위기가 감돌고 있었다.

대다수 사람들은 만약의 사태가 벌어지면 피난할 수 있도록 짐을 싸고 언제든 출발할 수 있게 준비했다.

나도 가게 앞에서 가방에 짐을 넣으며 지금 내가 할 수 있는 일을 하고 있었다.

"아마코, 걱정하지 않아도 돼."

나를 재워 주고 있는 여성, 사를라 씨가 안심시키듯 그렇게 말했다.

"분명 다들 무사히 돌아올 거야. 너의 소중한 사람도 말이야."

"응……."

내가 걱정하지 않도록 밝게 웃은 사를라 씨는 나와 똑같은 방향을 보고 어깨를 으쓱였다.

"뭐, 이런 말로는 위안도 되지 않겠지만."

"아냐, 그렇지 않아."

비관만 하고 있어서는 안 된다.

우사토가 무사하다고 믿어야 한다.

"우사토는 분명 괜찮아. 가까이에서 지켜본 내가 가장 잘 알아."

지금까지 우사토는 많은 시련을 극복했다.

전부 평범하지 않은 시련이었지만 우사토는 누군가와 힘을 합쳐 언제나 그것을 극복했다.

우사토라면 걱정하지 않아도 된다.

지금도 그의 주위에는 믿음직한 동료들이 있으니까.

스즈네와 카즈키와 네아, 그리고 블루링과 구명단 사람들.

우사토가 믿을 수 있는 사람, 우사토와 함께 싸울 수 있는 사람이 있다면 그는 한없이 강해질 수 있다.

나는 확신을 가지고서 그렇게 말했다.

"……."

하지만 불안한 상상을 하지 않는 것은 아니었다.

만약…… 만약에 우사토가 죽어 버리면 어쩌지.

루크비스를 출발하고 우사토가 네아에게 찔리는 예지를 봤을 때와 같은 강한 오한이 들었다.

"꼭 이럴 때는 아무런 예지도 보여 주지 않아……."

아니, 오히려 안 보이니 다행일지도 모른다.

내가 이 싸움의 미래를 예지한다는 것은 그 결과가 피할 수 없는 것으로 결정됨을 의미했다.

나 좋을 대로 해석한 안일한 생각이라는 건 알지만, 그렇게 생각하지 않을 수 없었다.

"아마코, 왜 그러니? 안색이 안 좋아."

"……아냐, 괜찮아."

……너무 나쁜 방향으로 생각하면 안 되겠지.

가볍게 뺨을 때려 마음을 다잡은 나는 걱정스럽게 얼굴을 살피는 사를라 씨에게 웃었다.

"이제 괜찮아. 걱정하지 않아도 돼."

"그래? 여긴 나한테 맡기고 쉬어도 된단다. 아침부터 줄곧 돕고 있잖니."

"아니야. 사를라 씨도 나이가 있으니까 제대로 도울래."

"하하! 너도 참."

가볍게 농담처럼 대답하며 나무 상자를 양손으로 안아 들었다.

그리고 그것을 집 안쪽으로 옮기려고 했을 때, 현기증이 일며 시야가 명멸했다.

"윽?! 이, 이건……."

평소에는 잘 때만 발동되는 타입의 예지였다.

왜 지금, 이런 때에?!

의식이 있는 채로 예지가 발동한 것에 동요하면서도 벽에 손을 짚고 어떻게든 쓰러지지 않게 버텼다.

눈에 보이는 풍경이 명멸과 함께 지워지고 다른 풍경이 나타났다.

『─내가 너희에게 절망을 주마.』

불탄 전장.

우사토, 카즈키, 스즈네 앞에 나타나는 꺼림칙한 존재감을 발산하는 장발의 마족.

『인간은 어리석다. 거기 두 사람이 보는 것과 똑같은 풍경을 보여주마.』

우사토의 머리를 움켜잡으며 그 마족이 뭔가를 하려고 했다.

이해할 수 없는 상황에 구역질조차 났지만 그래도 예지는 끝날 기미 없이 다음 장면으로 바뀌었다.

『이 세상에 나와 너희의 존재는 불필요하다.』

만신창이인 우사토 일행을 상대로, 마족 남성이 네아가 쓰는 것과 비슷한 마술을 여러 개 전개하며 싸웠다.

거기서 마침내 나는 그 남성이 누구인지를 알았다.

"이럴 수가……."

예지가 끝남과 동시에 강렬한 졸음이 엄습해서 나는 그대로 쓰러지고 말았다.

왜 좀 더 빨리 예지를 보여 주지 않은 거야?

더 빨리 봤다면 전장에 최악의 존재가 나타난다고 우사토에게 충고할 수 있었을 텐데……

이미 전부 늦었다.

그저 앞날을 보는 것밖에 못 하는 나는 우사토가 무사하길 기도할 수밖에 없었다.

제5화 마왕 강림! 쏟아지는 폭위!!

한나가 적의 손에 넘어가고 코가와 아미라는 퇴각.

휴루르크가 만든 마물, 바르지나크도 전부 제거당했다.

그리고 네로마저 치유마법사에게 당해 패배를 인정했다.

"네로, 네가 패배를 인정했나."

내 전성기 시절의 전사들과 비교해도 굴지의 실력을 가진 네로가 인간을 상대로 패배를 인정했다는 것에 나는 적잖이 경악했다.

집념에 사로잡힌 녀석이 죽지 않고 산 채로 패배를 인정했다.

네로의 집념을 지울 정도의 힘을 가진 자가 있음을 의미했다.

"……적당한 때인가."

전장과 멀리 떨어진 성의 옥좌에서 전황을 지각한 나는 천천히 일어났다.

옆에서 대기하던 시녀 시엘이 무슨 일인가 싶었는지 고개를 갸웃했다.

"마왕님, 왜 그러십니까?"

"밖이다."

"……네?"

"밖에 나갈까, 시엘."

말의 요점을 모르겠다는 표정인 시엘을 내버려 두고서 나는 계단으로 가는 통로로 걸어갔다.

"마왕님, 뭐 하시려는 겁니까……?"

"내가 해야 할 일을 할 생각이다."

어두운 계단을 하나씩 올라갔다.

예전에는 활기 넘쳤던 성이지만, 지금은 대부분 전장으로 가서 성의 관리를 맡은 시녀와 수위 몇 명만이 남아 있었다.

그 정도로 마족이란 종족은 궁지에 몰려 있었다.

용사에게 봉인당한 나를 의지하는 것 말고는 남은 수단이 없을 만큼.

"저기…… 저는 따라가지 않는 편이……."

"아니, 따라와도 된다."

발을 멈추려고 하는 시엘에게 그렇게 대답하며 계단 끝을 올려다보았다.

성의 정상, 가장 높은 위치에서 마왕령을 둘러볼 수 있는 곳.

탁 트인 옥상으로 나온 나는 그대로 전장이 있는 방향을 보았다.

"……."

나는 내 힘의 대부분을 마왕령을 유지하는 데 쏟고 있었다.

한번 공급을 끊으면 마왕령의 대지는 눈 깜짝할 사이에 다시 죽어 버릴 것이다.

그렇게 되면 이 땅에 사는 동포들은 재차 굶주리게 된다.

그래서 내가 직접 싸울 수 없었고, 지금껏 성안에서 행동과 힘을 제한당했다.

하지만 스스로 채운 족쇄를 부숴야 할 때가 와 버렸다.

"한동안 마왕령에 내 힘을 공급하지 못할 거다."

"네……?"

동포를 살리기 위해 내가 지금부터 하려는 것.

봉인되기 전— 용사와 결판을 내기 전의 나라면 비웃었을 행동이지만 해야 했다.

"지금부터 연합군을 공격한다. 그러면 나는 대부분의 힘을 쓰게 돼."

"……싸우고 있는 분들을 살리기 위해선가요?"

"그게 전부는 아니지만, 그렇다고도 말할 수 있겠지."

여러 나라의 전력이 밀집되어 있을 때 상대방에게 타격을 주고 싶다는 이유도 있었다.

"처음부터 마왕님께서 공격하셨다면 병사들이 싸우러 갈 필요가 없었던 것 아닌가요……?"

"그렇게 생각하는 것도 당연하겠지. 하지만 그건 도저히 불가능한 얘기였다."

인간 측이 연합하여 병력을 밀집시켰기에 이 수단을 쓸 수 있었다.

하지만 여기서 대규모 공격을 가하면 마왕령에 공급해야 할 힘이 고갈되어 마족이란 종족은 힘을 잃을 것이다.

시엘도 그걸 아는지 고개를 숙였다.

힘이 예전 같다면 여기 있으면서 싸울 수도 있었겠지만 지금 상태로는 무리였다.

내 힘의 대부분은 여전히 녀석에게 봉인당한 채니까.

나에 대한 금제인지, 아니면 이렇게 될 줄 알고서 그런 건지는 확실하지 않지만, 내 숙적은 하는 짓이 음습했다.

"미안하다."

"……네."

시엘은 그런 말씀 마시라고 말하고 싶었을 터다.

일부러 그렇게 말하지 않은 것은 내 심정을 헤아렸기 때문이리라.

마음 쓰게 한 것을 미안하게 여기며 나는 손바닥에 마력을 모아 마술을 발동시켰다.

"마음을 전하는 마술— 전심 주술."

전장에서 퇴각하고 지금부터 가할 공격에 대비하라고 전했다.

아군에게 퇴각을 지시한 나는 다음 마술을 발동시켰다.

"시체를 조종하는 마술— 꼭두각시 주술."

"시체……?"

내 중얼거림에 시엘이 다소 겁을 먹었다.

"죽은 마물을 조종하여 도망치지 못한 동포를 퇴각시킬 뿐이다. 본래 사용법은 네가 상상한 대로지만."

미리 내 힘으로 간섭해 둔 마물의 시체를 조종했다.

원격으로는 효과를 유지할 수 있는 시간이 짧고 단순한 명령만 내릴 수 있다는 결점이 있지만, 『마족 병사를 퇴각시켜라』라는 명령이라면 수행할 수 있을 것이다.

조종한 마물에게 병사들을 퇴각시키라고 명령하고 시엘에게 이 마술에 관해 간단히 설명했다.

"이 마술은 특별해. 예전에 이 마술을 습득한 술자는 자기 자손에게 마술 자체를 심어서 인간과는 다른 존재로 변모시켰지. 지금은 네크로맨서라고 불리는 마물이 그것이다."

"그, 그렇군요……."

조종한 마물들이 속속 동포들을 대피시키는 것을 감지하고 다음 마술을 발동시켰다.

"공간을 연결해 마력만을 전이시키는 마술— 마전(魔傳) 주술."

원래는 반영구적인 마술을 기능시키기 위한 마술이지만, 이번에는 마술 자체를 마법진으로서 전장의 하늘에 띄웠다.

눈앞에 전개시킨 전장의 하늘과 이어진 마법진에 손을 얹고 나는 마지막 마술을 발동시켰다.

"화염 주술."

단순히 화염을 날리는 마술이지만, 마력을 많이 담을수록 범위와 위력도 제한 없이 커졌다.

그 마술에 내 마력 대부분을 쏟아 부어 연합군에 끊임없는 화염의 비를 내렸다.

"……이 정도 위력이라면 힘 있는 자는 간단히 막겠군."

불덩이의 위력은 그렇게 강하지 않으니 어느 정도 수준의 실력자에게는 아무런 위협이 되지 않으리라.

하지만 일반 병사 정도라면 이야기가 다르다. 내 군대와 싸우고 난 뒤라면 더더욱 그럴 것이다.

힘 있는 자가 대처하느라 정신없는 틈에 동포들이 살아남아 주면 된다.

"……전사들이여. 너희의 목숨은 승리보다 무겁고 존귀하다."

그들의 희생을 단순한 패배로 끝낼 수는 없다.

이번 전쟁이 끝나면 인간들은 마족이라는 종족을 완전히 멸망시키기 위해 마왕령에 올 것이다.

그러니 그 전에 그들에게 타격을—.

"아니, 틀렸어."

"예?"

"이제 마족은 인간을 이길 수 없다. 멸망하는 운명이 정해져 있어."

여기서 동포를 살려 도망가게 하더라도 인간들은 쫓아온다.

후환을 없애기 위해 마족이라는 존재를 멸망시키려 들 것이다.

아무리 시대가 바뀌어도, 지켜야 할 것을 위해 그런 선택을 하는 것이 인간이니까.

"내가 있더라도…… 아니, 내 존재야말로 마족을 멸망시키는 요인이 되었을지도 모르겠군."

새삼스러운 사실에 나도 모르게 자조했다.

하지만 현재 상황을 한탄하고 있을 수만은 없었다.

나는 눈앞으로 손을 들고 새로운 마술을 발동시켰다.

"전이 주술."

사람 한 명이 지날 수 있을 만한 하얀 소용돌이가 눈앞에 생겨났다.

그 이름대로 온갖 장소로 전이할 수 있는 마술.

술자의 기량에 따라 전이되는 범위가 한정되는 고등 마술이지만, 마왕령에서 멀리 떨어진 곳으로 연결하는 것 정도는 내게 간단한 일이었다.

"자, 잠시만 기다려 주십시오!"

소용돌이를 향해 걸어가려고 했을 때, 시엘이 불러 세웠다.

돌아보니 시엘은 곤혹스러워하는 것 같았다.

"어디로…… 어디로 가시려는 겁니까?"

"당연히 전장이지. 그게 아니면 어디겠나."

그렇게 차갑게 단언했는데도 시엘은 다부지게 눈을 맞췄다.

다시금 강한 여자라고 생각했다.

"어째서……."

"마족을 살리기 위해서다."

그렇게 말하자 시엘의 표정이 일그러졌다.

그녀에게 등을 돌리고 다시 걸어가려고 하자 시엘이 내 망토를 양손으로 잡았다.

"마왕님, 그만둬 주십시오……!"

"무엄하다."

"제 목 하나로 끝난다면 그걸로 좋습니다!"

내가 뭘 하려고 하는지 알아차렸을 것이다.

아무리 차가운 눈길을 보내도 시엘은 눈물을 글썽이며 마주 노려보았다.

봉인되기 전에는 느낀 적 없었던 감정이 들어서 자조적으로 웃고 말았다.

"너와 만난 것은 내게 행운이었겠지."

"마왕니―."

"자라, 시엘. 너까지 나를 따라오지 않아도 돼."

마술로 재운 시엘을 안은 채 전이 주술을 하나 더 발동시켜서 내 옥좌가 있는 공간으로 연결했다.

그 옥좌에 시엘을 신중히 눕히고 다시 전이 주술로 만든 소용돌이와 마주했다.

그 너머에 있는 전장의 풍경을 시야에 담고 한 걸음 내디뎠을 때, 내 몸을 중심으로 사방에 반투명한 흰색 사슬이 나타났다.

"음?"

아니, 정확히 말하자면 「나타난」 것이 아니라 원래부터 「있었다」고 해야 했다.

"……훗, 그렇게 된 건가. 내 마력을 어디에 봉인해 뒀나 싶었는데, 역시 너는 성격이 나빠."

내 몸을 묶은 반투명한 흰색 사슬은 아득히 먼 곳으로 뻗어 나가 땅에 묻혀 있었다.

나의 봉인된 힘 대부분은 마왕령이라는 토지 자체에 묻혔고, 그 과도한 힘에 땅이 썩어서 초목이 시든 것이다.

지금껏 눈치채지 못하게 하다니, 역시 대단하다고 해야 할까, 굉장한 집념이라고 해야 할까.

"어쨌든 녀석은 마족도 미워하고 있었으니까. 당연한가."

아니면 보복일까.

녀석은 내 힘 때문에 자신이 다스리는 토지와 거기서 사는 마족이 멸망해 가는 모습을 보여 주려고 한 걸까.

……성격이 너무 나쁜 것 아닌가? 나의 숙적이여.

"그렇다면 더더욱 가야겠군."

한 걸음 내디딜 때마다 내 몸을 묶은 사슬에 금이 갔다.

사슬과 함께 내 육체를 구성하는 마력을 뜯어내며 한 걸음씩 앞으로 나갔다.

그 끝에 내가 가야 할 곳이 있었다.

마족을 구한다.

마족을 살린다.

그걸 완수하기 위해 나는 온갖 수단을 쓰겠다.

설령 어떤 희생을 치르더라도.

***

레오나 씨, 하이드 씨와 니르바르나 왕국 전사단의 힘을 합쳐 바르지나크를 쓰러뜨릴 수 있었다.

그와 함께 마왕군 병사들이 누군가가 재촉이라도 한 것처럼 달아났다.

승리의 기쁨에 잠긴 니르바르나의 전사들을 보고 나도 마침내 안도했지만, 그게 설레발이었다는 것을 곧 알게 되었다.

하늘에 뜬 검은 마법진에서 수많은 불덩이가 나오더니 우리가 있는 전장으로 떨어졌기 때문이다.

동요하면서도 네아에게 뭔가 알겠냐고 물어봤다.

"네아, 하늘에 뜬 저건 마술이야?!"

"저런 엄청난 규모의 마술 같은 건 몰라! 애초에 생물이 다룰 수 있는 마술의 범주를 넘어서지 않았어?!"

『우사토! 온다!』

이야기하는 사이에 불덩이가 육박했다.

마왕군 병사들은 이것에 휘말리지 않으려고 허둥지둥 도망친 건가……!

아니, 지금은 어쨌든 이 상황을 어떻게든 해야 한다!

"일단 묻겠는데, 뭐 할 작정이야?"

"불덩이를 막으면서 아군을 대피시킬 거야!"

"페름! 슬슬 이 녀석을 다루는 법은 이해했지?!"

『그딴 건 한참 전에 알았어! 끝까지 함께해 주겠어!』

페름의 어둠마법으로 양팔에 검을, 양쪽 어깨에서 코가와 똑같은 낫처럼 생긴 채찍을 만들고 하늘을 올려다보았다.

일단 눈앞의 화염을 요격하려고 했을 때, 창 여덟 개가 하늘로 날아갔다.

"우사토!"

"레오나 씨!"

얼음으로 만든 창이 따로따로 움직여, 푸르스름한 궤적을 그리면서 차례차례 불덩이를 관통했다.

레오나 씨는 미끄러지듯 내 곁으로 다가와 머리 위의 창을 조작하며 말했다.

"나 혼자서는 다 막을 수 없어! 너는 하이드 공과 함께 여기 있는 사람들을 구해 줘!"

"알겠어요! 이곳은 맡길게요!"

불덩이는 레오나 씨에게 맡기고 여기 있는 사람들을 대피시키기 위해 움직였다.

움직이지 못하는 사람들을 최대한 많이 업고 주위 기사들에게 힘껏 외쳤다.

"여러분, 여기서 도망치세요! 마법을 쓸 수 있는 사람은 동료를 보호하며 불덩이를 막아 주세요! 부상자를 데리고 있는 사람은 제 곁으로 오시고요! ……윽!"

레오나 씨의 창을 피한 불덩이를 왼팔의 검을 늘려서 벴다.

귀가 먹먹해지는 폭발과 함께 불덩이는 사라졌지만 그래도 다른 불덩이가 계속해서 떨어졌다.

그것들에 대처하며 아군을 대피시켰으나, 미처 막지 못한 불덩이가 땅에 떨어져 폭발과 함께 주위 사람들을 상처 입혔다.

『마족은 퇴각했을 텐데 어째서?!』

『도망쳐! 도망쳐!』

『뜨거워! 으아아아아!』

그건 마치 지옥 같은 광경이었다.

나는 상상도 못 했던 최악의 전개에 동요하지 않을 수 없었다.

그때, 거점 방향으로 퇴각을 재촉하는 내 시야에 빛 같은 것이 지상에서 하늘로 올라가는 광경이 보였다.

"저건……!"

그리 멀지 않은 곳에서 눈부신 빛을 내는 전격과 눈으로 볼 수 없을 만큼 번쩍이는 빛의 구슬이 하늘로 날아갔고, 그것들이 레오나 씨의 창처럼 떨어지는 불덩이를 요격해 나갔다.

"선배와 카즈키……. 둘 다 무사했어……!"

두 사람의 마법을 보고 진심으로 안도한 나는 내가 해야 할 일을 하자며 앞으로 나아갔다.

『웃, 우사토! 또 오고 있어!』

"젠장!"

주먹을 단단히 움켜쥐며 불덩이를 요격하기 위해 마주 섰다.

"이렇게 된 이상 오기로라도! 이후에 쓰러지더라도! 내 사명을 완수해 주겠어!"

불덩이가 하나 떨어질 때마다 많은 비명이 일었고, 충격에 사람들이 다쳤다.

그 광경을 똑똑히 본 나는 화가 나서 어금니를 악물며 달려 나갔다.

"모두를 지키겠어!"

『이걸 전부 대처하겠다고?!』

"그럴 작정으로 하는 거야!!"

양손에 치유마법탄을 만들고, 흑기사의 팔을 본뜬 팔 두 개를 어깨에 더 만들었다.

불덩이의 크기는 제각각이었는데 작은 것도 농구공 정도는 됐다. 심지어 땅에 떨어지면 불꽃과 돌멩이가 튀어서 위험했다.

그렇다면 땅에 떨어지기 전에 작렬시키면 된다.

"치유마법 난탄!"

『팔 조작은 나한테 맡겨!』

"나는 내성 주술을 걸게!"

네아의 마술로 내 몸에 화염 내성이 부여되었다.

날아간 치유마법 난탄은 하늘에서 떨어지는 불덩이를 유폭시켰고, 요격하지 못한 불덩이는 어깨에서 나온 팔이 채찍처럼 휘어 쳐 냈다.

하지만 불덩이를 요격하고 있지만은 않았다.

다친 동료 기사를 부축하고 있는 사람이 시야에 들어와서 그쪽으로 날아가 그들을 보호했다.

"치유마법 쌍장!"

양팔에서 충격파를 방출해 단숨에 불덩이를 없앴다.

"우, 우사토 님……!"

"포기하지 마세요!"

단복에서 검은 마력을 뻗어 다친 기사의 상처를 응급 처치 수준으로 고쳤다.

"어서 도망치세요! 다친 발은 고쳤어요! 움직일 수 있는 사람은 부상자를 지키며 불덩이를 요격해 주세요! 땅에 닿기 전에 꺼뜨리면 위험도는 다소 내려가요!"

"웃! 알겠습니다! 우사토 님도 조심하십시오!"

"네!"

두 기사가 퇴각하자 나도 다음 행동에 나섰다.

부상자를 보호하고 불덩이를 없애며 전장을 뛰어다녔다.

"위험해!"

그러면서 불덩이를 맞기 직전인 니르바르나의 전사를 감쌌지만 일순 긴장이 느슨해지고 말았다.

동시에 머리 위에서 떨어진 불덩이가 코앞으로 다가왔다.

"페름! 막아!"

『젠장, 한발 늦었—.』

적어도 니르바르나의 전사에게 피해가 가지 않도록 감싸고 있으니 돌풍과 함께 초록 머리 여성이 나타나 순식간에 불덩이를 걷어차서 없앴다.

"긴장을 늦추지 마, 우사토."

"다, 단장님……! 고맙습니다! 하마터면 네아가 올빼미 구이가 될 뻔했어요!"

"나만?! 왜 나만 구워지는 거야?!"

내 옆에 착 내려선 로즈에게 감사 인사를 했다.

왼쪽 어깨가 피로 새빨갛게 물든 로즈는 주저앉은 내게 오른손을 내밀었다.

"자."

나는 사양하지 않고 손을 잡고 일어나서 니르바르나의 전사를 피난시켰다.

한시름 놓은 것도 잠깐, 재차 다음 불덩이가 하늘에서 쏟아졌다.

황급히 치유마법탄으로 요격하려고 하자 로즈가 눈에 보이지도 않는 속도로 날린 마력탄이 먼저 불덩이를 없앴다.

"멍청히 있지 마."

"……네!"

퇴각하는 사람들을 지원하며 로즈와 함께 불덩이에 대처했다.

"단장님, 다친 것처럼 보이는데 괜찮으세요?"

"이런 건 찰과상이지. 별것 아니야."

"……네로는, 쓰러뜨렸나요?"

"조금 애를 먹긴 했지만. 네가 걱정할 만한 일은 없었어."

"그건, 다행이네요."

아마도…… 아니, 분명 이 사람은 참고 있을 거다.

하지만 그걸 지적하면 쓸데없는 참견이라면서 화낼 것 같으니까 말하지 말자.

입을 다문 나를 흘낏 본 로즈는 입가를 비틀며 어둠마법으로 검게 물든 내 단복을 가리켰다.

"그나저나 상당히 유쾌한 모습이 됐잖아. 그건 페름인가?"

『어, 어떻게 나인 걸 알았어……?』

"당연히 보고 알았지."

『말도 안 돼…….』

페름과 동화한 것은 분위기로 대충 알았을 것이다.

이 사람의 직감은 어떤 의미에서 초능력과 같으니까.

"우사토, 페름, 네아. 지금부터 내가 내리는 지시를 잘 들어 둬."

"네!"

불덩이를 발차기로 없애며 로즈의 말에 귀를 기울였다.

"아마도 이 싸움은 아직 안 끝났을 거다. 너희는 부상자 대피와 불덩이 대처를 우선하며 용사와 합류해라."

"싸움이 안 끝났다니…… 무슨 뜻인가요?"

"……내 감이지만, 조심하는 게 제일이야. 이곳은 나한테 맡기고 얼른 가."

확실히 마족이 퇴각했다고 해서 싸움이 끝났다고 할 수는 없었다.

로즈의 말에 나는 다시금 힘차게 고개를 끄덕이고 등을 돌렸다.

"단장님도 조심하세요!"

"하! 누구보고 하는 소리지? 너는 네 걱정이나 해."

로즈와 그런 말을 나누고서 나는 다시 전장을 달렸다.

***

주위는 다시 굉음과 비명에 휩싸였다.

숨 막히는 느낌을 받으면서도 나는 주위를 둘러보며 도망치지 못한 사람을 찾았다.

"우사토, 일단 근처에 있는 레오나와 합류하자."

"그래!"

선배와 카즈키가 있는 곳은 아까 하늘로 올라간 마법의 위치로 대강 파악했다.

네아의 말대로 우선은 레오나 씨와 합류하기 위해 불덩이를 피하며 전장을 달렸다.

"……읏!"

"힉?! 이 느낌은 뭐지……?"

하지만 그때, 몸 전체가 얼어붙는 듯한 엄청난 오한을 느꼈다.

네아도 똑같은 느낌을 받았는지 주위를 두리번거렸다.

어느새 그렇게나 세차게 쏟아지던 불덩이가 멎고 구름 틈새로 햇빛이 비치고 있었다.

그리고 그 구름 틈새에서 누군가가 내려오는 것이 보였다.

그 모습이 선명해지면서 나를 괴롭히는 오한의 정체가 확실해졌다.

『말도 안 돼! 어째서 저 녀석이 이런 곳에……!』

"페름, 혹시 저건……."

『젠장, 절대 올 리 없다고 생각했는데, 설마 이럴 때 오다니!』

페름도 동요를 드러냈다.

갈색 피부에 다른 마족보다도 강해 보이는 체격 큰 남자.

그 남자가 풍기는 분위기는 이제껏 느껴 본 적이 없을 만큼 강했고, 굴복하고 싶어질 만큼 위엄이 있었다.

『마왕이야! 마왕이 이 전장에 온 거야!』

우리가 소환된 이유이자 우리가 쓰러뜨려야 할 상대.

그 마왕이 신을 연상시키는 분위기와 함께 하늘에서 내려왔다.

🌸막간 닮은 꼴 동지

구명단의 회색 옷이 하는 일.

그건 바로 치유마법사로서 전장에서 다친 사람을 고치는 것이었다.

나는 이번이 두 번째 전장이다.

검은 옷이 잇따라 데려오는 부상자를 치유하면서 마음이 몇 번이나 꺾이려고 했지만, 나보다 훨씬 중대한 사명을 짊어지고 싸우고 있는 로즈 씨와 우사토를 생각하면 좌절할 수 없었다.

"끄, 끝났어……?"

전령으로 온 기사는 로즈 씨가 마왕군의 제1군단장을 쓰러뜨렸다는 것, 두 용사가 마왕군의 제2군단장과 그 부하를 격퇴했다는 것, 그리고 우사토 군이 니르바르나 왕국 사람들과 함께 전장에 독을 뿌리며 날뛰던 커다란 뱀 마물을 토벌했다는 소식을 전해 줬다.

"우사토 군, 너무 열심히 하잖아……."

제1군단장과 조우하고, 제2군단장과 싸우고, 제3군단장을 포획하는 등 우사토 군이 여기저기서 나타나 군단장에게 싸움을 걸고 있다는 이야기를 치유한 사람들에게서 듣고 굉장히 불안했었다.

그럴 때마다 그가 무사하길 빌었는데 이번에는 커다란 뱀 마물과 싸웠다니, 우사토 군은 조금 더 자신을 소중히 여겨야 한다.

하지만 그 보고에 안도한 것도 잠깐, 전장에 새빨간 불꽃이 쏟아졌다.

그 불은 우리가 있는 거점도 덮쳐서 많은 사람이 갈팡질팡 허둥 거렸다.

그런 와중에도 우리를 호위해 주는 아르크 씨와 기사들은 하늘 에서 떨어지는 불이라는 폭력에 의연하게 맞섰다.

아르크 씨가 없었다면 우리뿐만 아니라 지금 여기 있는 부상자 들도 죽었을 것이다.

쏟아지는 불을 처리한 아르크 씨는 가쁜 숨을 내쉬며 뒤돌아 우 리의 안부를 확인했다.

"여러분! 다치시진 않았습니까?!"

"아, 네!"

"다행이다……!"

이곳에 있는 나와 오빠, 구명단 활동을 도와주러 온 사람들, 그 리고 누워 있는 부상자들도 전원 무사했다.

아르크 씨는 천천히 숨을 고른 후 그대로 동료 기사에게 지시를 내렸다.

"소화 작업을 서둘러! 이곳에 불이 번지지 않도록 조심해! 이곳 만큼은 반드시 지켜야 해!!"

"알고 있어! 다들 들었지?! 바로 행동한다!!"

""오오!""

그렇게나 움직인 후인데도 바로 행동하는 기사들을 보고 놀랐지 만 나도 멍하니 있을 수는 없었다.

하늘에서 떨어지는 불은 전장에도 쏟아지고 있었다.

즉, 피해를 입은 사람들이 이곳에 올 터다.

"⋯⋯지금부터가 중요한 고비야, 우루루."

"응, 맞아. 오빠."

오빠의 안색이 조금 나빴다.

도와주러 온 사람들이 없었다면 지금쯤 오빠는 쓰러졌을 것이다.

""데려왔어!""

검은 옷인 통과 굴드가 화염 공격을 받은 사람들을 업어 왔다.

"이쪽 침대로 데려와 줘!"

"알았어! 이야~ 뭔가 위에서 엄청난 게 떨어졌어."

"어떤 바보가 떨어뜨린 걸까. 하마터면 다친 녀석이 맞을 뻔했어."

"그걸 떨어뜨린 녀석은 정상이 아니야."

"맞아~."

두 사람은 이쪽에 부상자를 넘기고서 그런 대화를 나누며 바로 전장으로 돌아갔다.

로즈 씨와 우사토 군만 주목을 받지만 저들도 충분히 대단하단 말이지. 그 화염비 속을 달려왔고.

"⋯⋯좋아!"

의료 도구를 확인하고 검은 옷이 데려온 사람들을 진찰했다.

치유마법이 필요 없는 상처라면 마력을 절약하기 위해 붕대나 약으로 치료하는 것이 방침이었다.

큰 상처가 아님을 확인한 나는 소독한 상처에 으깬 약초를 올리고 그 위에 붕대를 감았다.

빠르게, 솜씨 좋게, 정성스럽게, 무엇보다 잘못 판단하지 않도록 조심하며 처치를 끝내고 다음 부상자의 치료에 착수했다.

"우루루 씨, 슬슬 쉬세요. 이대로 가다간 우루루 씨가 먼저 쓰러지겠어요⋯⋯."

구명단 활동을 도와주러 온 여성이 나를 걱정하며 그렇게 말했다.

확실히 전쟁이 시작된 뒤로 줄곧 움직이고 있었다.

하지만 여기까지 와서 쉴 수는 없었다.

"아냐, 괜찮아. 이래 보여도 체력은 있으니까!"

"⋯⋯알겠습니다."

그렇게 말한 여성은 내 앞에 서서 치료하기 쉽도록 도구를 내밀었다.

"우루루 씨의 부담이 줄어들도록 돕겠어요."

"⋯⋯응, 응! 고마워!"

큰일이다. 그럴 때가 아닌데 눈물이 날 것 같다.

"그럼 화상용 약을 가져와 줄래?"

"알겠습니다."

여성의 도움을 받으며 치료를 재개했다.

그렇게 화상 입은 사람들을 치료하고 있으니 두 부상자를 업은 로즈 씨가 왔다.

로즈 씨를 알아차린 나는 바로 그녀에게 달려갔다.

"단장님!"

"오, 우루루. 이 녀석들의 상처는 고쳐 뒀어. 근처에 눕혀 놔."

업고 있던 부상자를 다른 사람에게 넘긴 단장님은 그대로 빈 침대에 앉아 어깨에 감은 붕대를 풀었다.

"이봐, 거기 너."

"예, 옙!"

단장님에게 불린 여성이 어깨를 크게 흠칫했다.

그러거나 말거나 단복을 벗은 로즈 씨가 지시를 내렸다.

"실과 바늘을 가져와. 그리고 붕대와 약초, 팔을 고정할 천도 부탁한다."

"바, 바로 가져오겠습니다!"

허둥지둥 도구를 가지러 가는 여성을 지켜보고서 나는 단복을 벗은 로즈 씨의 어깨에 주목했다.

검에 베인 듯한 아파 보이는 상처.

치유마법으로 고치지 않은 것을 보면, 상처에 대한 마법을 무효화한다는 예의 그 검에 맞은 걸까?

"단장님, 그 상처……."

"걱정하지 않아도 돼. 보기보다 깊지 않아."

"보이는 대로 깊어요! 이렇게 다쳤는데 움직이면 안 되죠!!"

보통은 제대로 움직이지 못할 격통이 엄습하고 있을 터다.

그런데도 이 사람은 전장에서 계속 움직였다……!

"그보다 제1군단장에게 당한 녀석들은 무사한가?"

"네. 단장님이 지시한 대로 지금 할 수 있는 치료를 해서 연명시켰어요."

"……그래."

제1군단장의 검에 다친 사람에게는 치유마법을 베풀 수 없기에 도구와 약으로 치료하며 저주의 효과가 사라질 때까지 기다릴 수밖에 없었다.

아니, 그보다 지금은 로즈 씨가 중요하다!

"잠깐 누우세요. 이제 싸움은 끝났으니까 얌전히 주무세요. 제가 치료할 테니까……."

"아니, 아직이야."

"네?"

"이 싸움은 아직 안 끝났어."

"어? 군단장은 철수했고, 마왕군도 퇴각하고 있지 않아요……?"

단장님의 표정은 여전히 험악했다.

그런 우리 곁으로 구급상자를 든 여성이 돌아왔다.

"가, 가져왔습니다!"

"그래, 고맙다."

"아, 아닙니다!"

구급상자를 받은 로즈 씨는 그것을 내게 내밀었다.

"자."

"네?"

얼떨떨해하고 있으니 로즈 씨가 씩 웃었다.

"네가 치료해 준다며? 부탁한다."

그 장난스러운 웃음을 보고 나도 쓴웃음을 짓고 말았다.

"……정말이지 단장님은 자기 멋대로예요. 알겠어요."

로즈 씨가 무슨 생각을 하는지 모르겠지만 이것만큼은 말할 수 있다.

이 사람은 정말로 우사토 군을 닮았다.

아니, 우사토 군이 닮아 버린 거겠지만.

이쪽의 걱정도 아랑곳하지 않고 움직이는 점이라든가, 터무니없는 점이라든가, 기타 등등 정말로 판박이다.

❀제6화 결전! 최후의 적!!

하늘에서 내려온 마왕은 척 보기에도 엄청난 힘을 가지고 있었다.

대피할 사람들은 이미 다 대피했다.

주위에 있는 것은 하늘에서 천천히 내려오는 마왕을 멍하니 올려다보는 전사들뿐이었다. 개중에는 홀린 듯이 보는 사람도 있었다.

나는 마음을 굳게 먹고서 한 걸음 한 걸음 확실하게 전진했다.

"우사토!"

그런 나를 발견한 레오나 씨가 이쪽으로 다가왔다.

보아하니 불덩이의 영향을 받은 것 같지 않아서 안심하며 그녀와 함께 하늘을 올려다보았다.

"우사토, 저건 역시……."

"네. 페름도 말했지만 저게 마왕……인 것 같아요."

"엄청난 힘이 느껴져. 설마 이 타이밍에 나올 줄은 몰랐어."

"동감이에요."

레오나 씨에 이어 선배와 카즈키도 이곳으로 왔다.

"아무래도 저게 우리가 쓰러뜨려야 할 최후의 적인가 보네."

"싸움 중에는 무슨 일이 일어날지 모른다고 시구르스에게 배웠지만, 이건 역시 예상외야."

선배는 일본도를, 카즈키는 내 것과 비슷한 건틀릿을 왼팔에 장비하고 있었다.

다행이다. 파르가 님의 무구를 확실하게 받았구나.

"레오나 씨가 우리의 무기를 가져와 준 거야?"

"그래. 확실하게 자기 걸로 만든 것 같아서 안심했어. ……아, 스즈네와는 한 번 만났지만 그쪽 용사와는 면식이 없었지. 나는 미아라크의 용사 레오나야."

"카즈키입니다. 레오나 씨군요. 우사토에게 얘기 들었습니다."

"어? 그, 그래?"

서로 짧게 자기소개를 마친 후, 확실하게 모습이 보이는 위치까지 내려온 마왕을 보았다.

아무도 말하지 않았지만 알 수 있었다.

우리는…… 아니, 선배와 카즈키는 지금부터 용사로서의 사명에 따라 마왕과 싸우게 된다.

그게 선배와 카즈키가 이 세계에 불려 온 이유였다.

마왕이 내려오는 곳을 향해 우리는 나란히 걸어갔다.

"우사토 군, 어때? 내 무기."

"멋있어요."

"카타나야. 카타나. 재패니즈 블레이드, 일본도야."

이 상황에서 그렇게 신나게 말하는 건 솔직히 깨는 것 같아요.

걸어가며 칼을 과시하는 선배를 보니 살짝 넌더리가 났다.

아니, 확실히 선배의 이미지에 칼은 딱 들어맞지만.

그렇게 생각하며 카즈키의 왼팔에 장비된 건틀릿을 주목했다.

"아, 카즈키의 건틀릿, 내 거랑 비슷하네. 투톤 컬러라 멋있다."

"특별히 의식하지 않았지만 신기하게 이런 형태가 됐어. 뭐, 여러 모로 쓰기는 좋아."

카즈키의 건틀릿은 내 것과 디자인은 비슷해도 능력은 상당히 다를 것이다.

그저 내 건틀릿이 이질적인 걸지도 모르지만.

카즈키의 건틀릿을 보고 그렇게 생각하다가 그의 등에 있는 검이 새로운 검으로 바뀐 것을 알아차렸다.

"어라, 카즈키. 그 검은……."

"아, 코가랑 싸우다가 부러져서 대신 쓸 걸 가져왔어. 손에 익은 검은 아니지만 싸우는 건 문제없어."

검이 부러질 만큼 격렬한 싸움이었구나.

선배의 옷도 상당히 지저분하고, 역시 군단장급은 만만치 않은 녀석들뿐이다.

"용사 셋과 괴물 하나. 그리고 용사의 무구 네 개가 모였네."

"자연스럽게 나를 괴물 취급하지 마."

네아의 말에 태클을 걸며 옆을 보니 레오나 씨, 선배, 카즈키가 가진 용사의 무구를 확인할 수 있었다.

내 건틀릿은…… 뭐, 능력적으로 대단하지 않다는 자각은 있지만, 단단함이 유일한 장점이니 방패 정도는 될 것이다.

레오나 씨에게 받은 포션 덕분에 마력은 아직 남아 있으니까 충분히 움직일 수 있다.

"새삼스럽지만 저는 걸리적거리지 않을까요?"

"""뭐?"""

"이 녀석, 이제 와서 무슨 소릴 하는 거야?"

『비교적 진심으로 제정신인지 의심이 가.』

어, 어째서 이런 반응이 돌아오는 거지? 이상하지 않아?

당황해서 쩔쩔매는 내 어깨에 레오나 씨가 손을 얹었다.

"우사토, 우리에게는 너의 도움이 필요해. 치유마법은 물론이고, 너라는 존재는 우리의 버팀목이라고 할 수 있어."

"맞아. 네가 있기에 우리는 안심하고 싸울 수 있어. 너무 자신을 가볍게 보면 나도 화낼 거야."

"아, 알겠어. ······고마워."

책임이 너무 무겁지만, 그 이상으로 잘해야겠다는 마음이 들었다.

그러자 옆에 있는 선배가 고개를 끄덕이며 반대쪽 어깨에 손을 얹었다.

"레오나 씨와 카즈키 군의 말이 맞아. 우사토 군이 죽으면 나도 뒤를 쫓을 거야."

"선배의 사고 회로는 어떻게 되어 있는 건가요."

농담이죠? 눈이 진심이지만.

"근데 지금 여기서 마왕을 쓰러뜨리면 평화로워지는 걸까······?"

하늘에 있는 마왕을 올려다본 카즈키가 불쑥 그렇게 중얼거렸다.

평범한 판타지라면 마왕만 쓰러뜨리면 끝이겠지만, 아까까지 마족과 전쟁하고 있었다.

마왕을 쓰러뜨렸다고 해서 마족이 침략을 포기하리라는 보장은 없기에 카즈키의 말에 안이하게 고개를 끄덕일 수 없었다.

"그건 나도 모르겠어. 하지만 적어도 그럼으로써 살아나는 사람은 있을 거야."

"우사토 군의 말대로야. 지금 마왕을 쓰러뜨리면 이 싸움을 종결시킬 수 있어. 그리고 저쪽에서 나와 줬잖아. 여기서 결판을 내자."

나와 선배의 말에 카즈키는 눈을 감고 고개를 끄덕였다.

"그런가. 그럼 하자. 그걸 위해 이 세계에서 줄곧 싸웠으니까."

어느새 마왕 근처까지 걸어와 있었다.

이제 고개를 쳐들지 않아도 되는 높이까지 내려온 마왕이 마침내 우리에게 날카로운 눈빛을 보냈다.

"너희가 이 시대의 용사인가."

그것뿐인데 말로 표현할 수 없는 위압감이 우리를 덮쳤다.

그걸 버티며 마주 노려보니 마왕은 감탄한 것 같았다.

"호오, 좋은 얼굴이야."

마왕은 우리가 지금껏 만났던 마족과 살짝 모습이 달랐다.

강한 힘을 나타내는 듯한 큰 체격과 새하얀 장발, 그리고 인공적으로 만든 것처럼 비정상적으로 반듯한 얼굴.

그 모습에 숨을 삼키고 있으니 선배가 한 걸음 앞으로 나가 칼집에 담긴 칼을 들어 마왕에게 겨눴다.

"여봐라, 마왕! 우리가 왔으니 더는 마음대로 읍읍?!"

"이럴 때만큼은 평소처럼 굴지 말아 주세요……!"

기세 좋게 큰소리치려는 선배를 뒤에서 제압하여 끌어냈다.

대화로 해결할 여지가 있을 것 같지는 않지만, 갑자기 도발하는 게 좋지 않다는 건 나도 안다.

근데 왜 사극풍이었던 거야?

완전히 포졸 같은 분위기였지?

"……그 녀석이 너희의 두목인가?"

"아뇨, 아닙니다! 레오나 씨, 부탁드려요!"

"……그, 그래, 알겠어."

선배 대신 앞으로 나간 레오나 씨가 손에 든 창에 힘을 준 채 마왕과 마주했다.

"호오, 파르가의 지팡이인가. 그렇다면 너는 미아라크의 용사군."

"마왕. 이곳에 나타났다는 건 우리와 싸울 각오가 되어 있다는 거겠지?"

레오나 씨가 그렇게 묻자 마왕이 얼떨떨한 표정을 지었다. 하지만 그것도 잠깐, 그 표정은 금세 웃음으로 바뀌었다.

"―크, 크하하하!"

마왕은 입가를 비틀고 웃었다.

성량은 작았지만, 이 전장의 끝에서 끝까지 울렸을 것 같다는 착각이 들 만큼 힘이 담긴 목소리였다.

마왕이 갑자기 웃기 시작하자 레오나 씨도 얼굴을 찌푸렸다.

"……뭐가 우습지."

"이 세계의 인간은 구제할 수 없을 만큼 물러졌군. 예전 인간들은 나를 쓰러뜨리기 위해서라면 온갖 악랄한 소행을 저질렀는데 말이야."

"……!"

"하지만 그것도 너희가 걸어온 역사에 의한 변화겠지. 평화를 누리고 약해졌어. 그렇군……. 사람의 마음을 바꾸는 것은 늘 비극이 일어나는 전장 속인가."

그렇게 말하고서 마왕은 다시 높이 떠올랐다.

우리가 즉각 경계하자 마왕은 희미하게 웃었다.

"그럴 필요 없다. 우직하게 그런 물음을 던지는 너희에게 내가 알기 쉽게 친절히 가르쳐 주마. 내가 이곳에 있는 의미를."

그대로 지상에서 30미터쯤 되는 높이까지 떠오른 마왕은 불탄 전장을 천천히 둘러보았다.

뭘 하려는 건지 몰라 전전긍긍하고 있으니 마왕이 왼손을 목에 대고 말했다.

"나는 마왕! 마족의 왕이자 마를 지배하는 자다!"

마왕의 목소리는 마치 확성기에 대고 말한 것처럼 증폭되어 전장에 있는 모든 사람에게 전달되었다.

그 목소리에 두려워하는 사람들, 분노와 증오를 보내는 사람들을 보며 대담하게 웃은 마왕은 말을 이었다.

"불쌍한 인간들이여! 평화를 누리고 안녕을 추구하는 약자들이여! 오늘 이곳에 내려온 나는 너희 인간들을—."

거기서 일단 말을 끊은 마왕은 고요하지만 무섭도록 차가운 목소리로 말했다.

"—말살할 것을 이 자리에서 선언한다."

결정적인 선전 포고였다.

그것을 인식함과 동시에 전원이 임전 태세를 취했다.

레오나 씨가 창을 들었고, 선배가 번개를 휘감았고, 카즈키는 검을 뽑으며 건틀릿을 빛냈다.

나도 세 사람을 전력으로 보조하기 위해 언제든 치유마법을 발동할 수 있게 준비했다.

"이로써 마왕을 내버려 둘 수 없게 됐어! 마음 단단히 먹어, 네아, 페름!"

"처음부터 단단히 먹고 있었어!"

『이제 망설이지 않아!』

다시 하늘에서 내려온 마왕의 시선은 우리를 향하고 있었다.

그대로 마왕은 마치 우리를 환영하듯 두 팔을 크게 벌렸다.

"자, 싸움의 포문은 열어 줬다."

마왕의 주위에 여러 마법진이 나타났다.

그는 그것들을 수족처럼 다루면서 일순 내게 시선을 보냈다가 분명하게 말했다.

"용사들이여, 나를 죽이러 와라. 내가 너희에게 절망을 주마."

이것이 우리의 마지막 싸움.

모든 것이 미지수인 무서운 상대지만 반드시 이겨야만 한다.

이 세계의 사람들을 위해, 무엇보다 지금 싸우는 용사들을 위해 나도 전력을 다하겠다.

맨 처음 움직인 사람은 카즈키였다.

"가라!"

카즈키의 무구인 왼팔의 건틀릿에서 광선이 날아갔다.

모든 것을 꿰뚫는 빛마법 앞에서도 마왕은 여유를 잃지 않고 자신과 빛마법 사이로 마술 문양을 이동시켰다.

"경마(鏡魔) 주술."

일순 크게 반짝인 문양에 광선이 직격했지만 튕겨 나가듯 빛이 분산되어 버렸다.

용사의 무구로 강화됐을 터인 카즈키의 마법이 통하지 않았다.

"마법을 무효화했어?!"

"이게 이번 대의 빛마법인가. 위력은 있지만 녀석에게는 도저히 미치지 못하는군."

마왕이 그렇게 중얼거렸으나 곧이어 그의 발밑에서 엄청난 냉기를 발산하는 레오나 씨의 얼음마법이 발생해 자유를 빼앗았다.

"레오나 씨! 그대로 구속해 줘!"

"맡겨 줘!"

마왕의 하반신이 얼어붙은 틈을 타 번개를 휘감은 선배가 순식간에 마왕 앞으로 이동하여 목으로 칼을 휘둘렀다.

빠르다!

선배의 무구가 칼이라는 것밖에 몰랐는데, 저 칼에는 선배의 움직임을 보조하는 능력이 있는 걸까.

"재미있군. 하지만 아직 허술해."

"윽?!"

그대로 마왕의 목을 베려고 했던 선배의 몸이 갑자기 날아갔다.

즉각 움직인 나는 선배가 땅에 떨어지기 전에 그 몸을 받았다.

나와 선배를 향해 손을 든 마왕은 예비 동작도 없이 강렬한 화염을 날렸다.

"우선은 연습이다. 피해 봐라."

"웃?! 페름! 네아!"

『방패 말이지!』

"내성을 걸게!"

모든 것을 뒤덮는 업화 앞에서 나는 선배를 안은 채 어둠마법 방패와 화염 내성으로 몸을 지켰다.

"음?"

전력으로 수비에 들어간 내가 화염으로부터 선배를 지키려고 했을 때, 카즈키와 레오나 씨가 우리 앞으로 튀어나와 빛과 얼음 마법으로 화염을 순식간에 없앴다.

"두 사람은 못 건드려!"

"마왕, 여기서 무찌르겠다!"

두 사람이 마왕을 공격하는 동안 나는 선배의 상태를 확인했다.

"선배, 괜찮아요?"

"응, 괜찮아. 아무래도 녀석은 보이지 않는 갑옷 같은 걸 두르고 있는 모양이야."

"보이지 않는 갑옷……?"

"성가시게도, 접근한 자를 날려 버리는 효과까지 있는 것 같아. 어떤 구조인지 짐작은 안 가지만, 정상적인 방법으로 대미지를 주기는 어려울지도 모르겠어."

선배를 일으켜 세우며 여유로운 표정을 유지하는 마왕을 주시하니 확실히 녀석 주위의 공기가 일그러져 보였다.

혹시 네로 아젠스와 비슷한 바람마법을 두르고 있는 걸까?

아니, 아까 마왕은 손에서 불을 뿜어냈을 터다.

바람마법과는 다른 방식으로 바람을 두르고 있는 건가?

관찰하면 할수록 사고가 개미지옥에 빠지는 느낌을 받으면서도 필사적으로 머리를 굴리고 있으니 내 어깨에 있는 네아가 목소리를 떨면서 날개로 마왕을 가리켰다.

"……아마도, 저건 마술일 거야."

"네아, 알 수 있는 거야?"

"알 수 있는 수준이 아니야……. 뭐야, 저거……!"

네아는 마왕이 아니라 그의 주위를 둘러싸듯 전개된 마술 문양을 보고 경악한 것 같았다.

"저거, 전부 다른 마술이야……!"

"……뭐라고?"

마술은 하나를 배우는 데 50년이나 걸릴 만큼 난해하다고 네아에게 들었지만, 마왕이 전개하고 있는 마술 문양은 적어도 마흔 개를 넘었다.

명백하게 이상한 수였다.

"믿을 수 없을지도 모르지만 진짜야! 저 녀석은 저 문양과 똑같은 수만큼 마술을 다룰 수 있어! 아까 카즈키의 마법을 무효화한 마술도, 바람을 조종하는 마술도, 불을 조종하는 마술도, 녀석이 가진 마술의 일부일 뿐이야!"

"……!"

마를 지배하는 왕이라는 것은 정말로 거짓 없는 말이었나.

마왕은 카즈키의 공격을 무효화하고, 레오나 씨가 날리는 얼음 마법을 불로 상쇄했다.

두 사람을 상대하면서도 마왕은 그 자리에서 한 발자국도 움직이지 않았다. 우리를 상대로 확연하게 놀고 있었다.

"상대가 마술을 쓴다면 믿을 건 너뿐이야."

"저것과 비교하면 나 같은 건 도움이 안 될지도 몰라."

"그래도 네가 필요해."

"……아~ 알겠어! 해치워 주겠어!"

날개를 퍼덕거린 네아는 평소처럼 돌아왔다.

"선배, 우리도 가세하죠. 갈 수 있죠?"

"물론이지. 이 정도에 좌절할 내가 아니야."

선배가 칼집에 든 칼의 손잡이를 잡고 마력을 담았다.

그와 함께 칼집이 전기를 띠며 파지직 소리가 났다.

"이런 상황에 말하긴 뭐하지만, 너랑 내가 이렇게 같이 싸우는 건 처음이네."

"그러고 보니 그렇네요."

감각적으로는 벌써 몇 번이나 함께 싸운 기분이었다.

정확히 말하자면 같은 전장에서 싸운 적은 있지만, 그때는 페름……
흑기사에게 당해 빈사 상태에 빠진 선배와 카즈키를 지키며 싸웠다.

그래서 실제로는 지금 처음으로 선배와 나란히 싸우는 것이 된다.

"우사토 군이라면 내 움직임을 따라올 수 있지?"

"무리한 요구 하지 말라고 하고 싶지만…… 할 수밖에 없겠죠."

"홋, 그래야 우사토 군이지."

선배는 칼집에서 코등이를 철컥 밀어 올리고 발도 자세를 취했다.

그와 함께 선배의 몸에 전격이 흘렀다.

나도 페름과 동화하면서 다루게 된 어둠마법의 마력을 확인하며
언제든 뛰쳐나갈 수 있도록 준비했다.

"간다!"

"네!"

금색 오라가 선배의 몸을 감쌈과 동시에 나도 마력 폭발을 이용
해 힘껏 앞으로 튀어 나갔다.

직진 속도라면 뇌수 모드의 선배와 거의 같았다.

그대로 레오나 씨와 카즈키의 공격을 막고 있는 마왕에게 공격을
가했다.

""하아아!""

"음……."

선배가 휘두른 칼과 내가 날린 주먹이 마왕이 띄운 마술과 격돌
했다.

쇠와 쇠가 마찰하는 듯한 끼기긱 소리.

점점 금이 가는 마술 문양을 본 마왕은 표정을 바꿨다.

"그렇군. 평범한 인간이 아니라고 생각은 했지만, 너였나."

"한눈팔지 마아아!"

"얼어붙어라!"

카즈키의 빛마법과 레오나 씨가 투척한 창을 마왕은 그저 팔을 휘둘러 튕겨 내더니 그대로 마술 두 개를 발동시켜 화염과 바람을 일으켰다.

그것들은 작열하는 회오리가 되어 카즈키와 레오나 씨를 삼켰다.

"교대다. 다음은 이 두 사람을 상대해 주지."

"카즈키! 레오나 씨!"

"우사토 군, 두 사람이라면 괜찮아!"

『지금은 눈앞의 싸움에 집중해!』

"큭……!"

두 사람을 이렇게 간단히 처리하다니……!

"네아!"

"알았어! 해방 주술!"

대상의 마술을 해제하는 마술.

이걸 다룰 수 있는 네아라면 마왕의 마술을 해제할 수 있을 터다.

유리가 깨지는 듯한 소리와 함께 마왕이 전개한 마술이 사라졌다.

"선배! 지금이에요!"

"뇌수 모드 2!"

더욱 큰 전격을 휘감은 선배가 아까보다 더 빠르게 마왕을 공격했다.

나도 선배에게 맞춰 손바닥에서 어둠마법 띠를 날려 마왕의 움직임을 봉하려고 했다.

"풍순(風盾) 주술."

"윽, 아까 썼던 바람 갑옷인가!"

선배의 칼을 바람 마술이 막았다.

하지만 그 마술도 네아가 해제하면 된다!

"네아!"

"지금 마술을 해석할 테니까 기다려!"

"호오, 흡혈귀인가. 해방 주술을 익혔다니, 아주 기본에 충실하군."

"힉, 주목받았어?! 우사토, 날 지켜!"

"말 안 해도 지킬 거야!"

네아가 바람 마술을 해석하는 동안 선배와 나는 끊임없이 마왕에게 공격을 가했다.

그 공격은 모조리 막혔지만, 주먹으로 느껴지는 감각을 보면 이 바람 갑옷은 네로의 마법만큼 튼튼하지는 않았다.

"그렇다면! 선배, 그대로 계속 공격해 주세요!"

오른팔의 건틀릿에 마력을 담았다.

코가의 방어를 뚫기 위해 만든 치유 펀치를 날리는 거다.

"치유 연격권!"

"윽, 아니?"

우리의 접근을 허락하지 않는 바람 갑옷에 내 주먹이 꽂힘과 동시에 마력 폭발을 이용한 치유 연격권을 연속으로 때려 박았다.

검은 마력으로 발바닥에 만든 말뚝을 땅에 박아 몸이 날아가지 않도록 버티며 주먹을 앞으로 계속 밀었다.

"으랴아아아!"

힘껏 날린 치유 연격권은 세 번째 충격에 바람 갑옷을 돌파했다.

그 순간을 노려 선배가 최대 전격을 칼에 휘감아 마왕에게 내리쳤다.

"받아라!"

"잠깐, 선배?! 아직 제가 있는데—."

"흐, 흐아?!"

나와 네아의 눈앞을 번개가 뒤덮었다.

지면을 태우고 나까지 태울 듯한 일격에 입꼬리를 실룩였다.

아니, 선배라면 제대로 공격 범위도 생각했을 테지만, 심장에 좋지 않았다.

"마력을 의도적으로 폭발시켜서 충격파를 발생시켰나. 이치에는 맞지만 그걸 실행에 옮기다니."

""......?!""

"용사가 아닌 인간이 있다고 생각은 했지만, 그렇군……."

마왕의 손바닥에서 검은 연기가 나고 있었으나 다친 곳은 없어 보였다.

그 시선은 똑바로 내게 향해 있었다.

깊고 맑은 눈에 빨려 들어갈 듯한 느낌을 받으며 정신을 바짝 차리고 주먹을 들었다.

"우사토 군, 한 번 더 하는 거야!"

"알겠어요!"

선배의 목소리에 맞춰 다시 마왕에게 공격을 시도했다.

"너에게 조금 흥미가 생겼다."

하지만 마왕은 선배에게 눈길도 주지 않고 내게 손을 들어 마술을 발동시켰다.

"중력 주술."

그 순간, 내 몸에 엄청난 중압이 가해졌다.

너무 무거워서 나도 모르게 무릎을 꿇고 말았다.

"으아……?!"

『뭐야, 무거워! 몸이 안 움직여……!』

"우사토, 페름, 왜 그래?!"

중력을 조종하는 마술인가?!

어깨에 있는 네아는 멀쩡한 것을 보면 나한테만 효과를 발휘하나 보다.

"우사토! 기다려, 지금 주술을 풀어 줄게."

"아니, 못 기다려! 이대로 선배를 엄호하겠어! 페름!!"

『끄, 으으……!』

억지로 일어나서 어둠마법의 마력을 지지대 삼아 마왕을 향해 주먹을 치켜들었다.

"호오, 움직이다니."

그런 내 모습을 본 마왕은 놀라서 눈을 동그랗게 뜨며 선배의 공격을 마술로 막고 그대로 선배를 날려 버렸다.

"크악!"

"선배!"

땅에 쓰러진 선배에게 바로 가려고 했지만 마왕이 앞을 막아섰다.

선배, 카즈키, 레오나 씨조차 마왕의 상대가 되지 못했다.

그 사실에 좌절할 것 같았지만, 그래도 마음을 굳게 먹고 마왕을 노려보았다.

"보통 사람은 손가락 하나 까딱할 수 없을 중력을 받으면서도 나를 공격하려고 하다니. 너는 정말로 인간인가?"

"누가 뭐라고 하든, 저는, 인간이에요……!"

"음? 그 건틀릿은 녀석의 칼인가? 상당히 모습이 바뀌었지만 그리운 오라가 느껴지는군."

내가 노려보든 말든 마왕은 경계심 없이 내 앞으로 다가왔다.

그는 중력 때문에 움직임이 둔해진 나를 내려다보더니 흥미롭다는 듯 턱에 손을 올렸다.

"흠."

"윽?!"

움직일 수 없는 내 오른팔을 잡은 마왕이 빤히 관찰했다.

조금이라도 움직이면 죽는다는 느낌이 확 들었다.

머릿속에서 경종이 울리고 식은땀이 멈추지 않았다.

"네가 사룡을 저승으로 보내고, 사마리알의 저주를 풀고, 미아라크의 용인을 막은 치유마법사군."

"어떻게 나를……."

"예전부터 주목하고 있었다. 눈에 띈 것은 그 흡혈귀가 사룡의 봉인을 풀었을 때지만."

"부엉?!"

그때부터 이미 마왕에게 주목받고 있었나……?

생각지도 못했던 시기부터 주목받았다니, 전혀 웃을 수 없다.

즉, 이 사람에게는 내 행동이 다 누설되었다는 건가?

"그때는 수인과 마물을 데리고 있었지? 용사들 속에 혼자 섞인 너만이 여전히 알 수 없는 존재다."

아마코와 블루링이 함께 있었다는 것까지 알다니……!

마왕이 얼마나 터무니없는 존재인지를 새삼 이해했다.

"너, 이름은 뭐지?"

"……어, 저주받을 것 같아서 밝히고 싶지 않아요."

"저주하지 않는다. 말해라. 억지로 알아낼 수도 있다."

반론을 허락하지 않는 위압감.

그 모습에서 로즈를 연상하며 얌전히 이름을 밝혔다.

"……우사토입니다."

"흠, 우사토인가. 그럼 네 안에 있는 자는 뭐지? 마족인 것 같다만."

『힉?!』

내 안에 있는 페름이 겁먹은 소리를 냈다.

상대는 마족이란 종족의 정점에 선 존재다. 페름이 겁먹을 만했다.

제대로 말하지 못하는 페름 대신 마왕과 시선을 맞추고 확실하게 답했다.

"저의, 동료이고…… 친구입니다!"

"호오. 어둠마법을 쓰는 마족을 친구라고 하는가. 우리 마족은 너희를 침략하고 있다. 그런데도 동료로 대하는 건가?"

"그런 건, 상관없습니다!"

나는 마왕의 말을 분명하게 부정했다.

확실히 페름과는 적으로 만났지만, 지금은 같은 구명단의 동료가 되었고, 그녀가 스스로 선택하여 이곳에 있었다.

아무리 마족의 우두머리라지만 아무것도 모르는 사람에게 이런저런 말을 듣고 싶지는 않았다.

"……큭, 크크."

"뭐가 웃겨!"

마왕이 입가를 비틀어서 감정이 격해졌다.

내 분노를 무시하고 한바탕 웃은 마왕은 이쪽을 내려다본 채 이마를 짚었다.

"그래, 그런가. 너 같은 인간도 있군. 녀석과 닮았다고 생각했었는데 아무래도 아닌 모양이야."

그렇게 말한 마왕은 유쾌하다는 듯 입가를 비틀고서 나를 가리켰다.

"우사토. 너란 인간은 내게도 미지의 영혼이다."

왜 마왕한테까지 이런 말을 들어야 하는 걸까.

적의 우두머리마저 나를 괴짜 취급하는 건가…….

절체절명의 상황임에도 불구하고 굉장히 납득할 수 없는 기분을 느끼고 있으니 마왕이 갑자기 자신의 뒤쪽에 마술을 출현시켰다.

다음 순간, 그을음투성이인 선배가 마왕의 뒤에서 칼을 내리쳤다.

마술로 만들어진 장벽과 선배의 칼이 부딪치며 장벽이 산산이 부서졌다.

"……! 호오, 아까보다도 빨라졌나."

"아까는 잘도 한 방 먹였겠다!"

내게서 떨어져 뒤로 물러난 마왕에게 선배가 추격타를 가하려고 했다.

그와 동시에 카즈키와 레오나 씨를 삼켰던 불꽃 회오리가 날아가고 두 사람이 튀어나왔다.

"우사토, 너한테 걸렸던 마술을 풀었어!"

"고마워, 네아!"

가벼워진 몸을 움직여 두 사람 곁으로 이동해 바로 치유마법을 걸었다.

"카즈키, 레오나 씨, 괜찮아요?!"

"그, 그럭저럭……."

"마술을 중복으로 건 결계 속에 갇힐 줄은 몰랐어……. 조금만 더 안에 있었다면 죽었을 거야."

마왕의 마술은 경이적이다.

네아의 해방 주술로도 대처할 수 없을 만큼 다종다양한 마술은 우리의 수적 우세를 쉽게 뒤집어 버렸다.

"이 정도 마술은 돌파하는가. 역시 용사로군."

치유마법을 받는 두 사람을 보고서 마왕이 감탄했다.

"한눈팔다니 여유롭네!"

그런 그를 선배가 빠르게 공격했지만 마왕 주위에 뜬 마술에 막혔다.

그러나 선배도 예상했던 일인지 칼에 고밀도 마력을 휘감아 방어에 쓰인 마술을 파괴했다.

"너 정도 수준의 번개마법사는 녀석이 있던 시대에도 없었다."

"그것참 고마워라!"

마왕이 손바닥에서 방출한 업화를 선배는 칼을 휘둘러서 둘로 갈랐다.

하지만 갈라진 화염 너머에서 마왕이 선배를 향해 손을 들고 있었다.

"중력—."

"그건 한 번 봤어!"

마왕이 마술을 쓰기 전에 앞으로 세게 발을 내디딘 선배가 마법진을 칼로 찔러서 없앴다.

마술을 없애고 더욱 과감하게 공격하는 선배를 보고 마왕은 웃었다.

"그렇군. 너의 전투 재능은 특출해. 싸움의 천재란 너 같은 자를 말하는 거겠지."

"웃! 그럼 한 대 정도는 맞아 주지 않을래?!"

마왕이 조종하는 방벽과 선배의 칼이 챙 부딪쳤다.

고속화한 선배의 움직임에 마왕은 완전히 대응하고 있었다……!

"거기 있는 빛마법사도, 녀석만큼 격렬하진 않지만, 소멸에 집중한
공격은 나마저 살상할 만한 힘이 있어. 너희는 그야말로 용사로군."

좋아, 두 사람의 치유가 끝났다!

아까 싸우면서 생긴 피로와 상처까지 전부 치유마법으로 고쳤다.

"이제 괜찮아요!"

"좋아, 선배에게 가세하러 가자!"

"아니, 잠깐만. 카즈키."

등에 멘 검을 뽑으려고 한 카즈키를 레오나 씨가 말렸다.

그 목소리를 듣고 카즈키가 돌아보려고 했을 때, 마왕과 싸우던
선배가 우리 옆에 내려섰다.

"큭, 강제로 날려졌어."

뺨을 닦으며 칼을 칼집에 넣은 선배는 분하다는 듯 웃었다.

"힘든데……! 마왕은 아직 진짜 실력을 보이지 않았어!"

"상상 이상으로 강하네요. 제 빛마법에도 거의 대처하고 있어요."

애초에 다룰 수 있는 마술이 너무 많았다.

아직 쓰지 않은 마술도 있을 테고, 반칙 수준이잖아.

"하지만 여기서 포기할 수는 없어요."

"맞아. 이대로 마왕을 내버려 두면 많은 사람의 목숨이 위험해져."

레오나 씨의 말에 우리는 이쪽을 말없이 살피는 마왕을 보았다.

다종다양한 마술을 다루는 규격을 벗어난 마족.

그가 다루는 마술은 전부 강력해서 하나만 맞아도 치명적이다.

"선대 용사는 저런 괴물을 어떻게 봉인한 거지……?"

무심코 그렇게 중얼거리자 그걸 들었는지 마왕이 내게 시선을 보냈다.

"선대……? 그런가. 너희는 녀석을 모른 채 여기까지 왔나. ……흠."

마왕은 턱을 잡고 뭔가를 생각하기 시작했다.

우리를 어떻게 처리할지 생각하는 걸까?

"좋은 여흥이 생각났다."

"뭘 하려는 거지!"

"이렇게 할 거다."

마왕이 마술로 하얀 소용돌이 같은 것을 두 개 만들고 거기에 양팔을 넣었다.

그와 동시에 엄청난 오한을 느낀 나는 즉각 제일 가까이 있던 선배를 밀치고 그 자리에서 구르듯 이동했다.

"우, 우사토 군, 갑자기 뭐 하는……?!"

선배가 내게 말하려고 했지만, 근처에서 사람이 털썩 쓰러지는 소리가 들렸다.

곧장 돌아보니, 믿을 수 없는 것을 본 듯한 표정인 레오나 씨와 땅에 엎어진 카즈키의 모습이 보였다.

"카즈……키?"

"흠, 무섭도록 감이 좋군. 본 적도 없으면서 피한 사람은 네가 처음이다."

쓰러진 카즈키의 머리 위와 조금 전까지 선배가 있던 곳에 하얀 소용돌이가 있고 거기서 갈색 팔이 튀어나와 있었다.

아니, 그딴 건 지금 어찌 되든 좋다!

카즈키의 안부를 확인해야 한다!

"카즈키, 카즈키! 대답해 줘!!"

"……."

"네아, 어떻게 된 건지 봐 줘!"

"알았어!"

숨은 쉬고 있지만 의식이 돌아오지 않았다.

공허한 눈에는 아무것도 비치지 않았고 내가 말을 걸어도 반응하지 않았다.

"레오나 씨, 무슨 일이 있었는지 보셨나요?!"

"갑자기 카즈키의 머리 위에 하얀 소용돌이가 나타났고, 거기서 나온 손이 그의 머리를 잡더니 어떤 마술을 썼어. 미안해, 지키지 못했어……!"

"……레오나 씨는 선배와 함께 마왕의 움직임을 경계해 주세요."

레오나 씨의 잘못이 아니다.

그리고 카즈키는 아직 죽지 않았다.

"우사토, 카즈키는 환상을 보고 있어."

"환상……?"

"그것도 강력한 환상이야. 순식간에 의식을 잃은 것 같아……."

마왕은 무슨 목적으로 환상 같은 걸?

마왕의 의도를 모르겠다.

혼란스러워하며 마왕 쪽으로 의식을 되돌리니 조금 전까지 거기 있었을 터인 마왕의 모습이 홀연히 사라진 상태였다.

그와 함께 이변을 감지한 레오나 씨가 우리에게 경고를—.

"우사토, 스즈네! 마왕이 사라졌—."

"너희도 똑같은 환상으로 보내주마."

""……?!""

모습을 감췄던 마왕이 우리 앞에 나타났다.

우리가 움직이기 전에 그는 마술을 휘감은 양손으로 나와 선배의 머리를 잡았다.

"몽환 주술."

그 순간, 머릿속에 뭔가가 들어오는 느낌이 들었다.

한나의 환영마법과는 비교가 안 되는 정신 오염에 의식이 희미해졌지만 이를 악물고 어떻게든 버텼다.

하지만 내 옆에 있던 선배는 힘을 잃고 땅에 쓰러졌다.

그 광경을 본 순간, 속절없는 분노가 내 안에서 치솟았다.

그 분노를 따라 내 머리를 잡은 마왕의 손을 반대로 내가 잡았다.

"끄으……!"

"……이토록 기상천외한 인간은 흔치 않다, 우사토여. 대체 정신력이 어떻게 된 거지? 네가 인간인지조차 의심스럽군."

네가 더 괴물이거든!

머리가 아파서 그렇게 말할 여유는 없었지만, 곧장 레오나 씨에게 시선을 맞췄다.

"레오나 씨!"

"그래!"

내가 마왕의 팔을 잡은 틈에 레오나 씨가 냉기를 휘감고 창을 찔렀다.

그 자리에서 움직이지도 못하고 피하지도 못하는 마왕은 선배의 머리를 잡고 있던 손을 들었고— 그대로 창이 손바닥을 뚫게 했다.

"무슨?!"

"역시 파르가의 무구는 귀찮기 짝이 없어. 이렇게 쉽사리 내게 상처를 내."

"읏! 계통 강—."

"너는 성가시군. 구속 주술."

그 마술까지 다룰 수 있는 건가……!

마왕의 피가 묻은 창을 타고 마술 문양이 흘러가 레오나 씨의 움직임을 구속했다.

창을 찌른 채 움직이지 못하는 레오나 씨에게는 눈길도 주지 않은 채, 마왕은 내 머리를 잡은 손을 그대로 들었다.

"예상과는 조금 다르지만 네가 마지막이다."

"뭘, 하려는 거지……!"

"「진실」을 보여 주려는 것이다."

진실? 무슨 진실?

그러는 사이에 마왕의 손에 아까와는 비교가 안 되는 마력이 모였다.

아이언 클로는 많이 당해서 익숙하지만, 상대는 로즈가 아니니 앞으로 펼쳐질 일도 다르다.

윽, 이대로 얌전히 당할 순 없다!

적어도 희망은 남기겠다!

"페름! 네아랑 같이 나한테서 떨어져!"

"자, 잠깐만 무슨 소릴 하는 거야?!"

『하, 하지만…… 우사토!』

"빨리!"

『……젠장!』

나와의 동화를 푼 페름이 슬라임 형태인 채로 네아를 데려갔다.

그와 동시에 내 머리에 마술이 흘러들었다.

"인간은 어리석다. 거기 두 사람이 보는 것과 똑같은 풍경을 보여 주마."

"으, 아아아아아아!"

"직접 보고 확인해라. 녀석이 걸은 길을, 무지한 인간들의 업보를."

사마리알에서 정신 공격을 받았을 때와는 비교가 안 될 정도로 머리가 아팠다.

머릿속을 마구 휘젓는 듯한 착각과 메스꺼움을 느끼며 나는 그대로 의식을 잃었다.

🌸제7화 알려지지 않은 과거! 모든 것의 시작!!

"……사토! 우사토!!"

나를 부르는 소리가 들렸다.

그 목소리에 맞춰 몸의 감각이 원래대로 돌아왔다.

"……카, 카즈키?"

"다, 다행이다! 깨어났구나!"

눈을 뜨자 카즈키의 모습이 보였다.

바닥이 차가워…… 땅이 아니야?

머리를 잡고 몸을 일으켜 주위를 둘러보니 낯선 홀이었다.

"여긴……?"

"모르겠어. 나도 처음 보는 곳이야. 너도 마왕에게 머리를 잡혀서 여기 온 거야?"

"응. ……선배는?"

"여기 있어."

그 목소리를 듣고 돌아보니 근처에서 선배가 주위를 살피고 있었다.

"아무래도 우리는 마왕이 만든 환상 속에 갇힌 것 같아. 장비는 그대로지만 무기는 사라졌어."

"……."

"음? 우사토 군?"

말이 없는 나를 보고 선배가 고개를 갸웃했다.

이곳이 정말로 환상 속 세계라면, 지금 눈앞에 있는 선배와 카즈키는 환상이 만든 가짜일 가능성도 있다.

카즈키의 행동에는 전혀 이상한 구석이 없었다.

하지만 선배는…….

"정상적인 말을 하고 있어. 당신, 가짜죠?"

"이것저것 하고 싶은 말은 있지만, 일단 울어도 될까?"

"아, 진짜네요. 죄송해요."

"방금 반응의 뭘 보고 진짜라고 판단한 거야……?"

이 유감스러움은 가짜가 흉내 낼 수 없지.

선배에게 사과하며 나도 주위를 둘러보았다.

어디인지 모를 그레이트 홀이었는데 자세히 보니 사람도 있었다.

"……어라? 저 사람들, 멈춰 있어."

"응. 아까부터 시간이 멈춘 것처럼 안 움직여."

동영상을 일시 정지한 것 같은 상태려나?

옥좌로 추정되는 것에 앉은 임금님 같은 남성, 그의 곁에 선 노인들.

무기를 들고 벽 쪽에 서 있는 처음 보는 갑옷을 입은 기사들.

그리고 그들의 시선 끝에는 흙 묻은 옷을 입은 남자가 있었다.

하지만 그 남자만 사극에 나오는 패잔 무사 같은 모습이라 세계관과 맞지 않았다.

"비슷하네."

"어?"

"우리가 이 세계에 소환됐을 때랑 비슷해."

카즈키의 말에 퍼뜩 깨달았다.

확실히 우리가 소환됐을 때와 똑같은 상황이었다.

"설마 이건 선대 용사가 이 세계에 소환됐을 때인가……?"

"그럴지도 몰라. 마왕이 굳이 이걸 보여 주는 이유는 모르겠지만…….
아, 멈춰 있던 사람들이 움직인다."

선배의 목소리를 듣고 선대 용사인 것 같은 남자 쪽을 보았다.

그는 사람들의 시선 속에서 곤혹스러워하며 주위를 둘러보고 있
었다.

그런 그를 향해 웃은 왕은 두 팔을 크게 벌리고 말했다.

『축하한다, 용사여. 그대는 우리 헤이갈 왕국의 구세주로 선택되
었다.』

"헤이갈 왕국……?"

"처음 듣는 나라야…….."

내 중얼거림에 선배가 그렇게 대답했다.

『구, 세주?』

구세주라는 말 자체를 이해할 수 없는지 남자는 더욱 혼란스러
워했다.

그러든 말든 왕은 말을 계속했다.

『마왕이, 그리고 더러운 아인들이 우리 왕국을 멸망시키려고 한
다. 그대는 녀석들과 싸우는 명예로운 사명을 지게 된다.』

……역시 이건 너무 횡포 아닌가?

이미 그렇게 정해져 있다는 듯한 말투였다.

우리가 소환됐을 때도 상황은 비슷했지만, 그때 로이드 님은 마왕군의 침략으로 절박한 상황에 빠져 있었다. 그러나 이쪽의 왕에게는 여유 같은 것이 느껴졌다.

당연히 남자는 갑작스러운 상황을 이해하지 못하는 것 같았다.

『대체 무슨 말을 하는 거지? 나는, 포위당해서 곧 죽을 터였는데……. 여긴 어디지?』

『흠, 당황할 만도 하지. 데려가라.』

『『예!』』

기사들이 양옆에서 남자의 팔을 잡더니 질질 끌고 나갔다.

남자는 뭐라고 외치며 돌아보았지만 왕과 신하들은 가면 쓴 것처럼 그저 웃고만 있었다.

『이로써 왕국은 평안하겠습니다. 폐하.』

『그래. 조금 꾀죄죄하지만, 갖춘 소양은 충분하겠지. 무엇보다 머리가 나빠 보이니 우리가 다루기 쉬울 거야. 이로써 나라의 귀중한 전력을 잃지 않아도 돼.』

그가 끌려간 후, 왕과 신하가 그런 대화를 나누었다.

너무나도 이기적인 말들이라 심한 혐오감이 들었다.

선배도 나와 똑같은지 노골적으로 얼굴을 찌푸렸다.

"너무해……."

"우리 때와는 상당히 다르네요."

"표면상으로는 우호적이었지만, 갑자기 끌려온 사람에게 아무런 설명도 없이 역할만 떠넘겼어."

이 사람들은 링글 왕국 사람들과 다르다.

선대 용사를 「사람」이 아니라 인간의 적을 쓰러뜨리는 「장기말」로 보고 있었다.

"이름조차 안 물어보다니……."

이런 일이 있을 수 있는 걸까.

그의 성품도 모르면서 멋대로 이야기를 진행하고, 사람을 도구로만 보는 거잖아?

내가 아는 선대 용사는 줄곧 비극을 겪었다.

그런 그의 처음이라고 할 수 있는 『용사 소환』조차 이따위라니, 너무 처량하다.

그때, 눈앞의 풍경이 점차 일그러졌다.

"아무래도 이걸로 끝이 아닌가 봐."

"그렇다면?"

"마왕은 선대 용사에 관한 기록을 우리에게 보여 주려는 것 같아. 지금은 다음 장면으로 넘어가는 중이려나?"

선대 용사의 기록.

솔직히 나는 두 사람보다 그를 더 많이 알기에 그다지 보고 싶지 않았다.

하지만 눈을 돌릴 수는 없겠지.

"마왕이 어째서 이걸 우리에게 보여 주려는 건지 모르겠지만, 아무튼 이 환상에서 탈출할 방법을 생각해야 해."

"……그래. 이러고 있는 동안에도 바깥이 어떻게 됐을지 모르니까. 탈출하기 위해서도 우선은 여기서 할 수 있는 일을 찾자."

마왕의 의도는 알 수 없다.

하지만 그는 내게 마술을 보여 주면서 말했다.

『직접 보고 확인해라. 녀석이 걸은 길을, 무지한 인간들의 업보를.』

그 말이 묘하게 머릿속에 남아 있었다.

마왕은 선대 용사를 어떻게 생각하고 있을까.

단순한 적이 아니었나?

그런 의문을 품는 사이에 주변 풍경이 다른 것으로 바뀌어 갔다.

＊＊＊

몽환 주술.

주술에 걸린 자를 꿈속에 가두는 마술이다.

보여 주는 꿈을 조종할 수 있는 이 마술은 대상의 머리에 접촉해야 한다는 제약이 있지만, 일단 걸리면 확실하게 의식을 빼앗을 수 있는 강력한 마술이었다.

"포말 주술."

손에서 발생한 투명한 거품이 땅에 쓰러진 세 인간을 감싸 공중에 띄웠다.

지금 내 주술 속에 갇힌 자들은 마술이 보여 주는 꿈속에서 선대 용사의 기억을 체험하고 있을 것이다.

"나도 상당히 물러졌군."

예전의 나였다면 필시 유쾌하게 웃었으리라.

"마왕!!!"

얼음창이 내게 쇄도했다.

그것들을 마술로 파괴하고 검은 올빼미를 어깨에 얹은 미아라크의 용사를 보았다.

우사토에게서 떨어진 흡혈귀가 미아라크의 용사를 잡아 뒀던 구속 주술을 풀었을 것이다.

자유로워진 그녀는 도망치지 않고 과감히 내게 맞섰다.

"세 사람을 해방하겠다!"

"레오나, 조심해! 어떤 마술을 쓸지 몰라!"

저 흡혈귀가 다루는 마술은 아마도 구속, 내성, 해방인가.

용사의 몸에 부여된 내성 주술을 확인하고 나도 마술을 발동시켰다.

"그럴 순 없다. 용사."

하늘에서 내려찍듯 낙하하는 얼음덩어리를 화염 주술로 녹이며 새삼 이 세계의 인간은 바뀌었다고 재인식했다.

"이 세계와는 관계없는 다른 세계에서 온 인간을 위해 목숨을 버리는가."

"그들은 우리를 위해 줄곧 싸우고 있어! 그런 이들을 버리고서 도망칠 순 없다!!"

용사는 그렇게 확실히 말했다.

그 말에서 거짓은 느껴지지 않았다.

"……용사라."

잠들어 있는 두 용사와 한 인간을 보았다.

빛마법을 다루는 용사.

이 녀석은 선대 용사와는 전혀 다른 착한 인간일 것이다.

일부러 그러는 것인지, 무의식적으로 그러는 것인지, 위험하기 짝이 없는 자신의 마법을 제한한 채로 내게 맞서는 어리석은 짓을 했다.

같은 빛마법을 가지고 있었던 그 녀석이라면 가차 없이 전부 소멸시켜 나를 죽이려고 했을 터다.

하지만 그걸 비난해선 안 될 것이다.

소멸에 특화된 빛마법에 눈뜨고서 그 특성을 최대한 억제한 전투법을 추구했다.

이 시대에 그렇게 큰 공격력이 필요하지 않다는 뜻이리라.

그리 생각하면 꽤 아까운 인간이었다.

그리고 전격마법을 다루는 용사.

솔직히 나는 소환된 용사가 두 명 존재한다는 사실에 놀랐다.

짧은 기간이었지만 그래도 선대 용사를 알기에 녀석과 똑같은 일을 되풀이하려나 싶어서 경계했지만, 그 걱정은 기우로 끝났다.

전격마법을 가진 용사는 전투 재능이 빼어나게 높았다.

내가 봉인당하기 이전 세계의 전사들보다 뛰어난 재능을 가지고 있었다.

이대로 전투 경험을 쌓고 고난을 헤쳐 나간다면 언젠가는 네로마 저 웃도는 걸물이 될 것이다.

하지만 스무 살도 되지 않는 나이와 부족한 실전 경험이 치명적 인 약점이었다.

누구보다도 빠르게 움직일 수 있으나 그걸 살릴 만한 전술은 없 었다.

그리고 용사가 아닌 인간, 우사토.

이 녀석은 내가 보기에도 알 수 없는 소년이었다.

원래 우리 군에 있어 성가시기 짝이 없는 치유마법사 중 한 명이 라고만 인식했었지만, 그가 용사의 여행에 동행하면서 관심을 가지 게 되었다.

현대에 사룡이 부활했을 때 우사토가 있던 것이 결정적이었다.

아마 그는 용사 소환에 말려든 이물질이리라.

용사가 아닌 평범한 이세계인.

그런 인간이 수인과 행동하는 것에서 나는 녀석의 그림자를 보았다.

"……하지만 달랐지."

마술 장벽을 뚫고 내 심장을 찌르려고 하는 창을 전이 주술로 피 했다.

즉각 화염 주술을 날리며 조금 전의 전투를 떠올렸다.

실제로 본 우사토라는 소년은 「무슨 짓을 할지 알 수 없다」는 인 상이었다.

마력을 스스로 폭발시키는 기술.

어중간한 정신 공격은 무효화하는 비정상적인 정신력.

무엇보다 마족과…… 그것도 어둠마법사와 한마음이 되어 싸우는 그 자세는 마족조차 증오의 대상으로 보았던 선대 용사와 너무나도 동떨어져 있었다.

어둠마법사는 태어나면서부터 허물을 짊어진 자들이다.

각성하는 힘은 강력하지만 그 정신은 지극히 불안정하고, 어둠마법의 특성을 두려워하는 주위 사람들에게 배척당해 정상적인 인생을 살 수 없다.

아마 우사토와 동화해 있었던 자— 링글 왕국과의 두 번째 전쟁에서 포로가 된 흑기사라고 불리던 마족도 고독하게 성장했을 터다.

"그런데 동료라니."

적대하고 있을 터인 마족을 동료라고 부른다.

그건 내가 알려고 하지도 않았던 인간과 마족의 가능성이었다.

"계통 강화!"

"구속 주술도 더할게!"

정신 차리고 보니 빛나는 창을 던지려고 하는 용사의 모습이 시야에 잡혔다.

이에 냉정하게 마술을 행사하려고 했을 때, 기억이 있는 기척과 함께 내 뒤에서 용사를 향해 화염이 방출되었다.

"아니?!"

"여기까지 와서 새로운 적이야?!"

화염을 피한 용사와 흡혈귀는 경악하며 거리를 뒀다.

나는 어이없어서 한숨을 쉬며 마술을 지우고 빨간 머리 여자에게 말했다.

"아미라. 나는 너희에게 물러나라고 했다."

"질책이라면 얼마든지 받겠습니다. 바라신다면 자진하여 이 목숨을 바치겠습니다."

아미라에 이어 그녀의 부하 병사들도 왔다.

다들 다친 상태였지만 여전히 그 눈에는 투지가 있었다.

"저는 말렸지만 말이죠."

백발 남자, 코가가 아미라 옆에 나타났다.

그 뒤에서 제3군단장 하나가 살짝 안절부절못하며 따라왔다.

그녀는 내 옆에 떠 있는 포말 주술에 갇힌 세 사람을 보고 얼굴이 새파래졌다가 이내 기뻐했다.

"아, 아하하! 저 악마, 붙잡혔네요! 꼴좋다! ……힉, 지금 움직였나요?! 움직였죠?!"

"아니, 안 움직였어. 너 우사토한테 무슨 짓을 당한 거야……."

"저 악마한테 잡혔었다고요! 간신히 도망쳤지만!"

……굉장히 떠들썩해졌다.

내 명령조차 무시하고 이곳에 오다니, 아무래도 달라진 것은 인간뿐만이 아닌 모양이다.

처음 느껴 보는 이상한 감정을 품고 있으니 코가가 즐겁게 웃으며 전장 너머를 가리켰다.

"이쪽이 우세해졌다고 말하고 싶지만…… 저쪽도 더 싸울 작정인 것 같네요."

"그런 것 같군. 정말이지, 이 세계의 인간은 물러 터졌어."

시선 끝에 너덜너덜한 무기를 들고서 이쪽으로 오는 인간들의 모습이 보였다.

나에 대한 공포에 물들어 있었을 텐데 그 감정이 사라진 상태였다.

『용사님을 구하자!』

『이번에는 우리가 우사토 님을 돕는 거다!』

『그들이 유일한 희망이야!』

『지금이야말로 니르바르나 전사단의 근성을 보여 줄 때다!』

전장 곳곳에서 인간들의 함성이 일었다.

내가 내린 불덩이로 대부분 움직이지 못하게 됐을 테지만, 그래도 용사를 위해, 그리고 우사토를 위해 인간들이 일어서려고 했다.

그리고 인간들 속에서 비정상적인 속도를 가진 자가 우리 앞에 왔다.

그 녀석은 미아라크의 용사 앞에 멈추더니 내가 잡은 세 사람을 보았다.

"오, 일이 아주 유쾌해졌잖아. 우사토."

심상치 않은 속도로 나타난 것은 우사토와 똑같은 하얀 옷을 입은 여자였다.

여자는 옆구리에 끼고 온 마족 소녀를 향해 웃었다.

"잘 전하러 왔다. 페름."

"데, 데데, 데려올 거면 좀 더 상냥하게 해 줘!"

한눈에 알 수 있는 실력에 눈을 가늘게 뜨자 여자는 마족 소녀를 땅에 내리고 오거를 연상시키는 흉악한 미소를 내게 보냈다.

"여, 네놈이 마왕인가. 내 제자를 돌려줘야겠어."

바로 이해했다.

이 여자는 평범한 인간이 아니다.

"제자가 평범하지 않으니 스승도 똑같군. 그야말로 상식을 벗어난 존재야."

팔을 고정하듯 어깨에 감긴 천을 보건대 상당한 중상을 입은 것 같지만, 그런 느낌을 전혀 주지 않는 기백이 여자의 표정에 있었다.

그렇군. 이 여자가 네로에게 패배를 인정시켰나.

"그렇게 다치고서 덤비는가, 인간."

"하! 그건 서로 마찬가지 아닌가? 보아하니 네놈도 「죽어 가고」 있는데."

"……훗."

싸움이 어떻게 될지는 아직 알 수 없다.

용사 한 명에게 좌우되지 않는 싸움.

원래부터 미래가 없는 싸움이긴 하지만, 마음 한편으로 그들과의 싸움을 즐기고 있음을 자각하지 않을 수 없었다.

제8화 선대 용사의 비극!!

선대 용사의 과거 기록.

그것이 재현되는 환상 속에 갇힌 우리는 환상에서 빠져나갈 방법조차 모른 채 그대로 선대 용사가 걸어온 길을 볼 수밖에 없었다.

선대 용사가 이 세계에 소환된 이후의 나날은 정말로 지독했다.

『그 정도로는 마왕은커녕 잡졸에게도 이길 수 없어!』

『일어서! 쓸모없는 용사 따위 이 왕국에 둘 가치조차 없어!』

막대로 때리고 마법으로 날려 버리면서 하는 훈련.

아니, 훈련이 아니었다.

흡사 고문과 같았다.

잔뜩 들볶이고 그 자리에 남겨진 그를 누구도 신경 쓰지 않았다.

오히려 그런 그를 비웃는 소리조차 들렸다.

하지만 그래도 그는 훈련을 그만두지 않았다.

아무리 비웃음당해도.

아무리 불합리하게 핍박받아도.

절대 꺾이지 않고 하염없이 검을 휘두르며, 각성한 빛 계통 마법을 자기 것으로 삼기 위해 계속 노력했다.

그는 뭘 위해 그렇게까지 한 걸까.

그가 헤이갈 왕국에 의리를 지킬 필요 따위 없을 텐데…….

＊＊＊

장면이 바뀌고 다음으로 눈앞에 펼쳐진 것은 인간과 마족의 싸움이었다.

『아인을 미끼로 마족을 유인해라!』

『우리가 도망칠 시간을 벌어라! 빨리 가지 못해?!』

마족 측에게 밀리고 있는지 인간 측 병사들은 공포에 사로잡혀 도망치려고 했다.

그러면서 노예로 끌고 왔을 수인들을 앞에 세워 미끼로 삼았다.

"윽, 이거 너무하네……."

옆에서 선배가 입을 틀어막았다.

수인의 나라 히노모토에서 듣기는 했지만, 선대 용사가 있었던 시대에 아인이 받았던 취급은 정말로 비참했구나…….

그런 와중에 싸우고 있던 선대 용사는 적 앞에서 달아난 헤이갈 왕국 기사의 말을 무시하고 마족 군세에게 홀로 덤볐다.

『하아아앗!』

그는 무시무시한 기백으로 마족들에게 가서 차례차례 적을 베어 넘겼다.

적이 퇴각할 때까지 계속 움직인 그의 몸은 자신의 피인지 적의 피인지 알 수 없을 만큼 빨갛게 물들어 있었다.

그런데도 핏발 선 눈으로 적을 찾아 앞으로 가려고 했을 때, 한 수인이 매달리며 그를 막았다.

『이제 그만해!』

『……?!』

목에 쇠사슬이 채워진 수인 소녀의 얼굴을 보고 나는 무심코 말하고 말았다.

"아마코……?!"

어딘가 아마코와 비슷하게 생긴 소녀가 호소하자 남자는 힘이 빠진 것처럼 그 자리에 주저앉아 버렸다.

주위에는 미끼가 될 뻔했던 수인들 외에 아무도 없었다.

같은 편 병사는 이미 그를 두고 도망친 듯했다.

『너, 이름이 뭐지?』

『이름? 어, 없어요…….』

그 대답에 그는 조금 당황하며 생각에 잠겼다.

몇십 초쯤 고민한 끝에 그는 불안한 표정인 소녀를 향해 작게 입을 열었다.

『……칸나기.』

『어?』

『네 이름은 오늘부터 칸나기다.』

『칸나기…… 내가 칸나기…….』

곱씹듯 자신의 이름을 말하는 소녀, 칸나기.

그러다가 의아한 얼굴로 그를 보았다.

『아저씨의 이름은?』

칸나기의 물음에 눈을 크게 뜬 그는 손에 든 검집을 세게 움켜쥐며 자신의 이름을 말했다.

『……히사고, 다.』

서툴게 그리 말한 그의 표정은 피투성이지만 어딘가 온화해 보였다.

＊＊＊

그리고 장면이 또 바뀌었다.

새롭게 나타난 것은 홀에 무릎 꿇은 용사 앞에서 겁먹어 어색한 표정을 지은 국왕이 뭔가를 말하려고 하는 광경이었다.

『용사여! 오늘부터 너는 인류를 위협하는 마왕, 그리고 마족을 멸망시키고 사람들을 구하는 여행에 나선다!!』

『존명.』

『그 사명을 끝내는 날까지 헤이갈 왕국에 귀환해서는 안 된다!!』

국왕과 주변 사람들은 그를…… 히사고 씨를 두려워하는 것 같았다.

귀를 기울이니 히사고 씨를 보고 숙덕거리는 소리도 들렸다.

『괴물.』

『우리한테 복수하기 전에 죽여야 해.』

『차라리 마족과 함께 공멸하면 좋을 텐데…….』

귀에 거슬리는 목소리에 나도 모르게 얼굴을 찌푸리고 말았다.

이게 나라를 위해 싸워 준 사람에게 할 말인가.

너무 제멋대로잖아.

나조차 화가 나는 상황 속에서 히사고 씨는 눈을 감은 채 국왕의 말을 조용히 듣고 있을 뿐이었다.

『그럼 가라. 너의 활약을 기대하겠다.』

『……맡겨 주십시오.』

그렇게 마지막에 대답한 그는 흘을 뒤로했다.

『이전 싸움에서 죽었으면 좋았을 것을……!』

『그 싸움에 대한 포상이 어린 노예 수인 한 명이었는데 괜찮을까요?』

『고작 아인 하나로 해결된다면 상관없겠지. 어차피 녀석은 이제 이 나라에 돌아오지 않아. 우리와는 상관없는 존재다.』

히사고 씨가 나가자 안도하는 목소리와 그를 업신여기는 대화가 흘러넘쳤다.

사람의 더러운 부분을 똑똑히 보게 된 나는 화가 나서 소리를 지르고 싶어졌다.

"우사토 군, 일단 이 녀석들을 패 버려도 될까."

하지만 그러기 전에 무표정으로 나를 돌아본 선배가 그런 말을 했다.

여기까지 보고 정신적인 피로를 느끼면서도 섀도복싱을 하는 선배를 달랬다.

"마음은 이해하지만, 부질없는 짓이니까 하지 마세요."

"지금의 나라면 환상조차 붙잡을 수 있을지 몰라……!"

"아뇨, 무리니까요. 쓸데없이 그럴싸하지만……."

"살면서 최고로 화가 났어. 이 세계의 인간들은 너무 이기적이지 않아?"

"말투가 마왕처럼 변했어요……."

솔직히 나도 화가 나는 마음은 같았다.

똑같은 인간을 이렇게 취급하는 사람이 있다면 나는 때려서라도 못 하게 했을 것이다.

그만큼 헤이갈 왕국 사람들의 행동은 사악했다.

"하지만 이걸 봐도 선대 용사가 무슨 생각으로 행동하는지 잘 모르겠어요……."

카즈키의 그런 중얼거림에 침착함을 되찾은 선배가 고개를 끄덕여 동의했다.

"그건 그래. 이런 대우를 당하고서도 히사고라는 남자는 자신에게 몹쓸 짓을 한 녀석들에게 아무것도 안 했어."

"보통은 지금 선배가 그랬듯 화를 내죠. 하지만 그러지 않고 그저 명령에 따르는 게 저는 조금 섬뜩하게 느껴져요."

카즈키의 의문도 타당했다.

칸나기라는 소녀와 만나기 전까지 그가 다른 사람과 제대로 대화하는 장면은 없었다.

어쩌면 평범하게 이야기한 적도 있었을지 모르지만, 적어도 우리가 본 장면에서는 그에게 상냥하게 대하거나 친절하게 구는 인간은 없었다.

"하지만 결과적으로 그의 알 수 없는 헌신은 오히려 그를 이용해

온 헤이갈 왕국에 불신감을 안겼어. 고분고분한 장기말을 원했을 텐데, 막상 그게 손에 들어오자 너무나도 강대한 힘이 두려워진 거 겠지."

"선대 용사의 목적은 처음부터 그거……이진 않을 것 같네요."

"만약 자신을 왕국에서 내쫓는 것까지 생각하고 행동한 거라면 엄청난 인내력이야."

그저 왕이 말하는 대로 행동하는 히사고 씨는 쓰기 좋은 도구가 아니라 이해할 수 없는 존재가 되었을 것이다.

실제로 우리도 히사고 씨가 무슨 생각을 하고 있는지 전혀 알 수 없었다.

"아마 저 사람들은 히사고 씨가 강한 힘을 가질 때까지 자신들이 몹쓸 짓을 하고 있다는 생각도 안 했을 거야."

"……뭐, 그렇겠지."

"하지만 그는 마왕군을 쫓아낼 만큼 강해졌고, 자신들에게 복수할지도 모른다는 생각이 들면서 마침내 자기들이 했던 짓을 돌아봤어."

정말로 제멋대로다.

자신들이 했던 짓은 잊어버리고서 멋대로 겁먹고 나라에서 추방하다니.

"뭐, 자업자득이지. 애초에 자신들이 소환한 인물에 관해 최소한은 알아 둬야 했어. 누가 올지 모르잖아."

"그렇죠…… 누가 올지 모르니까요."

"우사토 군, 왜 나를 보며 말해?"

다른 뜻은 없어요.

정말로요.

"하지만 칸나기가 있던 게 정신적으로 힐링이 됐어."

나는 히노모토에서 똑같은 이름을 가진 사람의 조각상을 본 적이 있다.

풍화되어 외양은 확실히 알 수 없었지만, 선대 용사인 히사고 씨와 행동하고 있다면 그녀가 그 칸나기일 것이다.

"우사토, 뭔가 알고 있어?"

"응."

내 표정을 보고 뭔가를 눈치챈 카즈키의 말에 고개를 끄덕였다.

숨기지 말고 칸나기의 정보를 공유해 두기로 할까.

"예전에 히노모토에 갔을 때 칸나기를 기리는 조각상을 봤어."

"흐응, 그래?"

"칸나기에 관해 뭔가 들었어?"

"칸나기는 용사와 수인을 만나게 한 영웅이라고 했어요."

그녀 덕분에 수인이 지금까지 살아남았다고 했는데 진짜인 모양이다.

"어쩌면 칸나기를 통해 히사고 씨가 수인들에게 이것저것 가르쳤을지도 모르겠네."

만약 그렇다면 정말로 규격을 벗어난 사람이다.

마왕군을 상대하고, 거기다 인간에게 핍박받아 온 수인들과도 우호를 맺다니, 어려운 수준을 넘어선 일이다.

"그러고 보니 아까 어린 수인을 포상으로 줬다고 했는데……."

"아, 그럼 혹시 그 아이가……."

나와 카즈키가 그렇게 말하자 또 장면이 바뀌었다.

***

다음 장면에서는 여행을 떠나려고 하는 히사고 씨와 칸나기라고 불렸던 수인 소녀가 있었다.

어떤 기준으로 히사고 씨의 과거를 보여 주는 건지 모르겠지만, 지금 보고 있는 것은 그렇게 나쁜 장면이 아닌 듯했다.

전장에서 봤던 후줄근한 차림이 아니라 후드 달린 깨끗한 옷을 입은 칸나기가 옆에 있는 히사고 씨를 올려다보았다.

『그러고 보니 히사고라는 이름은 어떻게 써?』

『음, 이렇게.』

칸나기에게 질문받은 히사고 씨는 들고 있던 검집으로 땅에 글자를 적었다.

땅에는 『久午』라고 달필로 적혀 있었다.

저걸 히사고라고 읽는 건가.

『흐응, 이상한 글자네. 뱀 같아.』

『……나기.』

칸나기를 짧게 나기라고 부른 걸까?

히사고 씨가 부르자 칸나기가 돌아봤다.

『왜?』

『시끄러워. 좀 조용히 해 줘.』

『싫어.』

칸나기가 부루퉁한 얼굴로 대답했다.

그런 그녀를 보고 옆에 있던 선배가 반응했다.

"귀여워!"

"선배, 스테이."

"끄으으."

칸나기의 어린애 같은 행동에 심장을 관통당한 선배를 타이르며 다시 히사고 씨를 보았다.

히사고 씨의 나이는 20대 후반 정도일까.

머리를 뒤로 묶고 지친 표정을 짓고 있었다.

『히사고 얘기를 더 듣고 싶어!』

『하아…….』

히사고 씨는 그렇게 한숨을 쉬었다.

『나는 도움이 돼!』

『호오, 어떻게?』

『듣고 놀라지 마! 나는 미래를 예지할 수 있어!』

『그래그래, 대단하군.』

『안 믿지?!』

빽빽 떠드는 칸나기의 말을 히사고 씨가 대충 받아넘겼다.

상대가 아이라서 그런지 평소의 무표정이 아니라 평범하게 대응하고 있었다.

이런 일상의 한 장면이 히사고 씨에게는 마음이 편안해지는 한때일지도 모른다.

나는 그렇게 생각하지 않을 수 없었다.

그때, 우리도 들어 본 적이 있는 목소리가 어디선가 울렸다.

『네가 소문으로 들은 용사인가.』

어느새 검을 뽑은 히사고 씨가 칸나기를 감싸며 하늘을 올려다보았다.

덩달아 올려다보니 우리를 이 환영 속에 가둔 장본인— 마왕이 그곳에 떠 있었다.

"마왕!"

"기다려, 카즈키 군! 저건 이 기억 속 마왕이야!"

나도 무심코 임전 태세를 취하려다가 선배의 말을 듣고 퍼뜩 깨달았다.

확실히 눈앞의 마왕은 우리가 아니라 히사고 씨를 보고 있었다.

『히, 히사고…….』

『내 뒤에 있어. 너는 누구지?』

경계하는 히사고 씨를 내려다본 마왕은 유쾌하게 입가를 비틀었다.

환영이라는 걸 아는데도 긴장을 감출 수 없었다.

『이 세계 인간의 적, 이라고 하면 알까? 다른 세계의 전사여.』

『……그렇다면 네가 마왕이란 작자인가?』

『그렇다.』

마왕이 긍정했다.

더욱 경계심을 강화한 히사고 씨는 자신의 몸에 얇게 마력을 둘렀다.

『나를 죽이려고 굳이 여기까지 왔나?』

『아니. 어리석은 인간이 다른 세계에서 불러온 용사를 추방했다고 듣고 왔다. 얼굴을 좀 보자 싶어서 말이야.』

……왠지 우리가 싸웠던 마왕보다 성격이 나쁜 것 같다.

변덕스러운 면이 강한 걸까.

마왕의 시선이 히사고 씨의 뒤에 숨은 칸나기에게 향했다.

『히익?!』

마왕의 시선을 받고 칸나기가 귀와 꼬리를 떨었다.

옆에서 선배가 작은 목소리로 「귀여워!」라고 중얼거렸지만 무시하자.

『보기 드문 마력이군…… 예지마법사인가. 그 수인은 너의 노예인가?』

『그저 꾀죄죄한 꼬맹이야.』

『누, 누가 꼬맹이라는 거야. 이 아저씨야!』

칸나기는 무서워하면서도 히사고 씨에게 따졌다.

하지만 그보다도 나는 그녀가 가진 마법에 놀랐다.

"칸나기가 정말로 예지마법을……?"

"그래서 아마코와 닮은 거구나……."

아마코는 칸나기의 자손이거나 그에 가까운 핏줄이리라.

『뭐, 좋다. 미숙한 예지마법사에게는 관심 없다. 그보다도 너다.』

마왕의 관심 대상은 어디까지나 히사고 씨인 듯했다.

마왕에게 싸울 의사가 없음을 깨달았는지 히사고 씨는 검을 검집에 넣었다.

『헤이갈 왕국이 행한 『용사 소환』. 자신이 놓인 상황조차 이해하지 못하는 속물들의 고육지책으로 너 같은 자가 올 줄은 생각도 못했다.』

『……나를 보고 있었던 것은 너였나.』

마왕은 히사고 씨의 소환을 알아차렸나 보다.

그리고 줄곧 히사고 씨의 동향을 관찰했다.

어쩌면 그게 바로 지금 우리가 보고 있는 광경일지도 모른다.

『너는 타인과 동떨어진 힘을 가졌으면서 왜 그런 자들을 따르지?』

『무슨 의미지? 네 말은 조금 어려워.』

히사고 씨의 말에 마왕은 일순 어이없어하며 이마를 짚었다.

그러다 이내 얼굴을 들고서 조금 전과 똑같은 음색으로 약간 천천히 말했다.

『강한 자가, 왜 약한 자를 섬기느냐고 물었다.』

『난 또 뭐라고, 그런 말이었나.』

납득하고 고개를 끄덕인 히사고 씨는 의연한 표정으로 마왕을 올려다보았다.

『그 왕이 내 목숨을 구했다.』

『……호오.』

『나는 싸움에서 진 병졸이었어.』

그 중얼거림에 반응한 사람은 선배였다.

"그 말은 즉, 히사고 씨는 전쟁이 벌어지던 시대에서 온 건가?"

"그렇다면 선대 용사는 상당히 옛날 사람이겠네요."

선배와 카즈키가 놀라며 한 말에 나도 고개를 끄덕였다.

그런데 왕이 목숨을 구했다는 건 무슨 의미일까?

그 의문을 품었을 때, 히사고 씨가 입을 열었다.

『패잔병의 말로는 굶어 죽거나 적병의 놀잇감이 되어 죽거나 둘 중 하나다. 나도 적병에게 포위당해 똑같은 말로를 맞이할 줄 알았지만, 뭐가 어떻게 된 건지 『이세계』라는 곳에 와 버렸어.』

히사고 씨가 소환된 타이밍은 그가 목숨을 잃기 직전이었나.

『신이 데려온 건지는 모르겠지만, 내가 목숨을 건진 건 확실해.』

그가 돌아본 시선 끝에는 헤이갈 왕국의 성이 우뚝 서 있었다.

히사고 씨는 그것을 지그시 올려다보다가 다시 마왕에게 고개를 돌렸다.

『그 은혜를 갚기 위해 새로운 주군을 섬겼다. 그저 그것뿐이다.』

"설마 그 국왕을 주인으로 인정하고 섬겼기에 아무 말 없이 싸운 건가……?"

믿을 수 없다는 듯 카즈키가 중얼거렸다.

"우리와는 살던 시대가 달라. 의식이 다르더라도 이상하지 않아. 히사고 씨가 만약 사무라이였다면 몸과 목숨을 바쳐서 주군을 섬겨야 한다고 생각할 수도 있어."

"자세히 아네요."

"홋, 일본사는 특기거든."

그렇게 말하며 가슴을 쭉 펴는 선배를 보고 대충 헤아렸다.

전국 시대 무장을 좋아할 것 같긴 해요.

그러자 마왕은 노골적으로 얼굴을 찌푸렸다.

『이해할 수 없군. 너만큼 힘이 있는 자가 그런 속물들에게 고개를 조아리다니.』

『주군이 어떤 야망을 품고 있는지는 상관없어. 나는 헤이갈의 병졸로서 싸우고, 사람의 목숨을 지킨다는 사명을 완수할 뿐이다.』

『그게 어떠한 말로를 맞이할지 알면서도 말인가?』

『앞날은 몰라. 하지만 나는 너를 쓰러뜨리겠다.』

그렇게 단언하는 히사고 씨의 말에 망설임은 전혀 없었다.

다시 검을 뽑고 땅을 향해 흘리듯 들었다.

『나는 싸울 생각이 없다만.』

『나와 너는 적이다. 그렇다면 여기서 싸우는 것이 도리겠지.』

『크, 크하하! 그런가, 맞는 말이다!』

마왕 주위에 여러 마법진이 떠올랐다.

마왕은 엄청난 위압감을 발산하며 히사고 씨를 내려다보았다.

『조금 더 성장한 다음에 싸워 주려고 했지만 마음이 바뀌었다. 지금 여기서 상대해 주마.』

『……..』

『그리고 네놈은 알게 될 것이다. 인간의 나약함을, 추악함을, 잔혹함을. 그때까지 절망하지 않을 수 있을까?』

『……나기, 물러나 있어!』

『으, 응!』

히사고 씨는 밝게 빛나는 마력을 휘감으며 수많은 마법진을 거느린 마왕에게 향했다.

시야 가득 빛이 터지고, 나무들이 쓰러지고, 땅이 부서지는 소리가 울렸다.

그리고 빛에 뒤덮인 풍경이 크게 일그러졌다.

*　*　*

빛이 사그라들자 암흑이 펼쳐져 있었다.

"이번에는 밤인가……?"

"그 후 어떻게 됐을지 궁금한데……."

우리의 시선 끝에는 모닥불에 둘러앉은 히사고 씨와 칸나기가 있었다.

히사고 씨는 다친 것 같진 않았지만 옷이 너덜너덜했다. 어떤 싸움이 있고 난 후인 듯했다.

"……어라? 칸나기, 조금 커지지 않았어?"

칸나기를 보니 확실히 조금 어른스러워진 것 같았다.

아마코보다 살짝 키가 큰 정도일까?

그렇게 생각하고 있으니 나무 막대로 모닥불을 뒤적이던 칸나기가 말없이 눈을 감고 있는 히사고 씨에게 말했다.

『내가 망을 볼 테니까 히사고는 자도 돼.』

『아니, 문제없어. 너야말로 자.』

『마왕군이랑 줄곧 싸우느라 거의 못 잤잖아.』

어이없다는 얼굴로 그렇게 말한 칸나기는 뭔가를 떠올린 듯 입을
열었다.

『그러고 보니 꿈을 꿨어.』

『잠깐, 하지 마. 말하지 마.』

『왜.』

『네가 꾸는 꿈은 대체로 제대로 된 게 없으니까. 저번에는 엘프
마을에서 터무니없는 일을 당했어.』

『단순히 히사고가 운이 나쁠 뿐이야. 나는 어디까지나 미래를 예
지하는 거야.』

아마코처럼 칸나기도 꿈이라는 형태로 예지를 보는 건가.

나도 사룡 때라든가 예지 때문에 호된 일을 겪은 적이 있기에 히
사고 씨의 기분은 아주 잘~ 알았다.

『하아, 알겠어. 이번에는 어떤 귀찮은 일이 일어나지?』

『흐흥, 이번에는 그런 게 아니야. 신기한 꿈이었어!』

『하아.』

매우 신이 난 칸나기와 피곤한 듯 대답하는 히사고 씨.

『웬일로 꿈에 나온 건 나랑 히사고가 아니었어.』

『그럼 뭐지? 마왕인가?』

『그 녀석도 아니야. 얼굴은 어렴풋했고 단편적으로 봤을 뿐이라 누구인지는 모르겠지만…… 아주 재미있었어.』

칸나기는 어딘가 즐거워 보였다.

『꿈에서 본 건 히사고와 비슷한 검은 머리 인간이었어.』

『검은 머리? 이 세계에서도 드물지는 않잖아.』

『그렇긴 한데. 왠지 너랑 느낌이 비슷했어.』

『그 녀석도 고생깨나 할 것 같군……. 그래서 그 녀석이 어쨌는데.』

히사고 씨가 재촉하자 칸나기가 이어서 말했다.

『그 아이는 마족과 수인, 마물과 사이좋게 지내는 이상한 인간이었어.』

『뭐?』

"""뭐?"""

공교롭게도 히사고 씨와 우리의 목소리가 함께 울렸다.

어? 뭐야, 그거. 어떻게 된 거야?

예지마법은 그렇게 먼 미래까지 볼 수 있었어?

아니, 잠깐만. 어쩌면 나 말고도 마족이나 마물이나 수인과 사이좋게 지내는 검은 머리 인간이 있을지도—.

『그 아이는 몸을 움직이는 걸 아주 좋아하는 것 같았어. 마구 뛰어다니거나, 커다란 곰 마물을 업고 달리기도 해서 깜짝 놀랐어.』

"우사토 군이네."

"우사토네."

"어쩌면 다른 사람일지도 모르잖아요!"

"아니, 곰을 업고 달리는 사람은 이전에도 이후로도 너밖에 없을 거야."

"맞아요. 우사토라고 생각할 수밖에 없어요."

큭, 부정할 수 없다.

그런데 어째서 칸나기는 내 모습을 예지로 본 걸까.

똑같이 예지마법을 쓰는 아마코와 연결 고리 같은 게 있는 걸까.

『아, 수인 아이는 나랑 비슷한 느낌이 들었어. 키는 작았지만.』

『너 아니야?』

『그건 아니야. 기억에 없는걸.』

『……그것 말고도 본 게 있나?』

『음…….』

그 후 칸나기는 단편적으로 봤다는 꿈 내용을 이야기했는데, 그 속에는 카즈키나 선배를 연상시키는 인물도 있었다.

『어쩌면 먼 미래의 얘기일지도 몰라.』

『…….』

그렇게 칸나기가 이야기를 마무리하자 히사고 씨는 말이 없어졌다. 그의 표정은 어딘가 당황한 것처럼도 보였다.

『……시시해.』

『여태까지 들어 놓고 그건 너무한 것 같은데.』

『잔다.』

『뭐? 잠깐만 히사고!』

『…….』

『뭐야, 정말. 재미없어.』

퉁명스럽게 말하면서 한숨을 쉰 칸나기가 손에 든 나뭇가지를 모닥불에 던졌다.

그 뒤로는 그저 타닥타닥 불이 타는 광경이 계속되었다.

침묵을 버틸 수 없었는지 카즈키가 당황스러워하며 입을 열었다.

"히사고 씨의 모습이 조금 이상했어."

"느닷없이 미래 얘기를 들어서 놀랐을지도 몰라."

"으음~ 그런 걸까⋯⋯."

카즈키는 납득할 수 없다는 표정을 지었다.

그러자 눈앞의 공간이 일그러졌다.

"⋯⋯윽, 또인가."

"그러게요. 변함없이 이렇게나 연속으로 바뀌니⋯⋯!"

또 다른 장면으로 바뀌려는 것 같았다.

***

장면을 빨리 감는 듯한 현상에 기분 나쁜 느낌을 받는 사이에 히사고 씨와 칸나기의 모습은 사라지고 대신 다른 풍경이 나타났다.

"여긴⋯⋯."

"어떤, 도시인가?"

그곳은 조금 전의 나무에 둘러싸였던 길과 달리 건물이 늘어선 도시 안이었다.

하지만 늘어선 건물은 지저분했고, 마치 습격을 받은 것처럼 부서진 부분도 보였다.

그 안에 사람들의 모습이 보였지만 어딘가 모습이 이상했다.

『이 괴물!』

『네가 마물을 쓰러뜨렸다면 이렇게 되지 않았어!』

『이 도시에서 나가!』

그곳에 있는 모두가 핏발 선 눈으로 매도의 말을 퍼부으며 인파 속에 있는 누군가에게 손에 든 것을 던졌다.

그 중심에 있던 것은 히사고 씨와 후드를 쓴 여성이었다.

여성은 사람들이 던진 것을 걷어차고 군중 앞으로 나갔다.

『은혜도 모르는 놈들 같으니라고! 이 이상 불평하면 죽여 버리겠어!!』

늠름한 목소리로 그렇게 외치면서 여성이 쓰고 있던 후드가 살짝 들렸고 낯익은 금발과 청록색 눈이 보였다.

"어? 말도 안 돼! 칸나기가 칸나기 씨가 됐어!"

"어른이 됐다는 건 아까 본 장면으로부터 몇 년이나 지났다는 건가……?"

시간을 너무 뛰어넘지 않았어?!

칸나기는 10대 후반으로 보일 만큼 성장해 있었다.

"아니, 그보다 이렇게 많은 사람이 왜 히사고 씨를 비난하고 있는 거지?"

칸나기는 허리에 찬 검을 잡고서 주위를 위협하고 있었다.

한편 히사고 씨는 말없이 눈을 감고서 사람들의 욕을 감수하는 것처럼 보였다.

참지 못한 사람들이 아무 말도 없는 히사고 씨를 다시 매도했다.

『그 녀석이 있어서 우리 도시가 이렇게 된 거야!』

『용사는 개뿔! 엄청난 역병신이잖아!』

이 말에 반응한 사람도 칸나기였다.

화가 난 그녀는 소리친 사람에게 칼끝을 겨눴다.

『너희가 직접 데려왔잖아! 마왕의 감언에 속아 넘어가서 히사고를 바치려고 배신한 주제에! 그랬는데도 살려 줬더니 우리를 비난하는 거야?!』

『……윽!』

험악한 기세로 말하며 칸나기는 쓰고 있던 후드를 벗었다.

여우를 닮은 귀가 나타나자 사람들이 당황했다.

『수, 수인?!』

『나는 이 녀석만큼 자비롭지 않아! 이 이상 이 녀석을 비난하면 한 명도 남김없이ー.』

『나기, 그만해.』

지금껏 묵묵히 욕을 듣던 히사고 씨가 칸나기를 말렸다.

그는 주위를 둘러보고서 그대로 칸나기의 팔을 잡고 걷기 시작했다.

히사고 씨가 아무 말 없이 걸어가자 사람들은 마른침을 삼키며 길을 열었다.

『이거 놔, 히사고! 이 바보! 이 녀석들은 너를……!』

『나는 신경 안 써.』

『나는 신경 써! 이딴 녀석들이 제멋대로 말하게 두지 마!!』

도시를 떠나는 두 사람의 뒷모습을 보고 있으니 또 풍경이 일그러졌다.

이어서 나타난 것은 화난 표정으로 히사고 씨에게 따지는 칸나기의 모습이었다.

『왜 너는 그렇게 물러 터진 거야! 어떻게 생각해도 그 녀석들이 잘못했잖아!』

『그들은 그저 불안한 거야.』

『아니! 화풀이하기 좋은 상대를 찾고 있을 뿐이야! 너는…… 너는 어째서 그렇게 바보인 거야?! 그 칼을 받았을 때 파르가 님도 말했잖아! 그 자기희생 정신을 어떻게든 하지 않으면 후회할 거라고!』

자세히 보니 히사고 씨의 허리에 크고 작은 칼 두 자루가 있었다.

그 중 하나가 내 건틀릿이 된 용사의 칼일까.

히사고 씨가 그걸 가지고 있다면 이미 파르가 님과 만났다는 뜻이다.

『떠올려 봐, 히사고. 3년간 제대로 감사받은 적이 얼마나 있었어?』

『…….』

『마왕과 본격적으로 싸우게 된 뒤로 마족뿐만 아니라 인간들까지 너를 몰아붙이고 있잖아! 설마 그걸 모른다고 하진 않겠지? 응?!』

칸나기가 히사고 씨의 멱살을 잡았다.

그녀의 강한 호소에 히사고 씨는 사그라질 듯 작은 목소리로 중얼거렸다.

『이게 내 역할이야.』

『뭐?』

『나는 마왕을 쓰러뜨리는 사명을 받은 용사. 그렇게 주군이 분부했어. 어떤 취급을 받든 나는 신경 쓰지 않아.』

그런 짓을 했던 헤이갈 왕에 대한 보은은 여전히 계속되고 있었다.

그 말을 정면으로 들은 칸나기는 멱살을 잡은 손을 떨었다.

『진짜 그만해……. 너도 인간이야……. 언제까지고 그렇게 있다가는 망가질 거야…….』

칸나기가 울먹이며 그렇게 호소하자 조금 놀란 모습을 보인 히사고 씨는 다정한 표정을 지으며 아빠처럼 그녀의 머리를 쓰다듬었다.

『나기, 걱정해 줘서 고맙다. 하지만 나는 괜찮아.』

『……웃.』

『인간도, 아직 못 써먹을 정도는 아니야. 이번에는 내가 그저 잘하지 못했을 뿐이야. 다음에는 제대로 고맙다는 말도 들을 수 있을 거야.』

『……응.』

히사고 씨가 웃자 칸나기가 작게 고개를 끄덕였다.

히사고 씨의 표정도 꽤 부드러워진 것 같았다.

이 세계에서 보낸 몇 년간이 히사고 씨의 태도를 연화시킨 걸까.

『―있지, 히사고. 링글 왕국에 가자.』

""""어?!""""

익숙한 국명이 나와서 우리는 나란히 놀라고 말았다.

이때의 세계 상황을 생각하면 이 시절의 링글 왕국이 어땠을지는 별로 알고 싶지 않았다.

히사고 씨는 칸나기의 말에 고개를 갸웃했다.

『왜?』

『그곳만큼은 괜찮았잖아. 걱정이 될 만큼 태평한 왕이 있지만, 그곳만큼은 너를 받아들여 줬어.』

『……그랬던가?』

『저번에 갔을 때는 평범하게 환영받아서 함정인가 싶었지만 결국 그렇지도 않았잖아.』

『……알겠어. 그럼 한동안은 링글 왕국에 몸을 숨기기로 하자.』

칸나기가 고개를 끄덕이자 히사고 씨는 품에서 지도를 꺼내려고 했다.

"우리가 있는 나라는 몇백 년 전부터 변함없구나……."

"역시 로이드 님의 선조님도 자상한 분이었어."

"링글 왕국이 지금과 똑같아서 안심했어요."

옛날 일이긴 하지만, 우리가 아는 링글 왕국의 국풍이 몇백 년 전부터 변함없다는 사실에 안도하고 말았다.

그때, 지도를 꺼낸 히사고 씨가 칸나기에게 보여 줬다.

『다행히 링글 왕국은 그리 멀지 않아. 하지만 도중에 식량도 조달해야 하니까―.』

그는 지도에 적힌 지명을 가리키며 칸나기에게 설명했다.

『―사마리알에 들러야 해.』

"……?!"

사마리알 왕국……이라고?

왜 하필이면 그곳이지?

지금 히사고 씨는 용사의 칼을 두 자루 갖고 있다.

그런 그의 다음 목적지가 사마리알이라니, 고약한 농담이라는 생각밖에 안 들었다.

속이 메스꺼워져서 나도 모르게 입을 틀어막고 말았다.

"우사토, 괜찮아?"

"왜, 왜 그래?"

예전에 마술에 묶인 영혼이 보여 줬던 사마리알의 과거가 머릿속을 스쳤다.

소름 끼치게 울부짖는 사룡.

독에 당해 고통스러워하는 사람들.

그리고 그 속에서 홀로 싸우는 용사.

많은 사람을 구하고 마침내 그의 마음도 구원받았을 때― 한층 큰 절망이 닥친다.

"아아, 젠장……! 그렇게 된 건가. 이렇게 이어지는 거야……!"

내가 아는 사마리알의 저주.

그것은 용사의 힘에 매료된 왕과 한 마술사가 일으킨 비극이었다.

"우, 우사토 군, 얼굴이 새파래……!"

선배와 카즈키에게는 사마리알 왕족의 저주에 관해 이야기한 적
이 있다.

수백 명의 영혼이 내게 정신 공격을 가했다는 것도 안다.

하지만 내가 본 정신 공격의 내용과, 그 발단인 용사와 마술사에
관해서는 깊이 설명하지 않았었다.

『그럼 바로 가자!』

『어이, 기다려.』

칸나기가 짐을 메고 길을 달려갔다.

이에 히사고 씨는 한숨을 쉬면서 따라가다가 문득 발을 멈추고
자신의 손을 보았다.

『인간도 아직 못 써먹을 정도는 아니라니…… 내가 말할 자격이
나 있을까. 단념하려고 하는 사람은 나인데.』

그렇게 자조적으로 말한 히사고 씨는 그대로 걸어갔다.

그와 동시에 장면이 바뀌었다.

다음 장면은 예상이 됐지만, 나는 어떻게도 할 수 없었다.

답답한 마음에 사로잡혀 공간이 완전히 바뀌는 것을 기다릴 수
밖에 없었다.

***

『카오오오오오!!』

끔찍한 사룡의 울음이 우리의 몸을 크게 진동시켰다.

그걸 듣고서 나는 체념하며 땅을 힘껏 때렸다.

내가 실컷 봤던 그들의 기억과 똑같았다.

행복했던 일상이 순식간에 지옥으로 바뀌어 버렸다.

사마리알 왕국의 거리는 모조리 파괴되어 처참했다.

하지만 이런 상황에서 내가 이성을 잃고 선배와 카즈키에게 폐를 끼칠 수는 없었다.

천천히 심호흡하여 정신을 차린 나는 주위를 보았다.

사룡은 보이지 않았고, 반파된 도시에서 우왕좌왕 도망치는 사람들과 그런 그들을 피난시키는 칸나기와 히사고 씨의 모습을 발견했다.

『히사고! 어쩔 거야?!』

『내가 녀석을 쓰러뜨리겠어. 나기, 너는 사람들을 안전한 곳으로 대피시켜.』

히사고 씨는 사람들이 도망치는 곳의 반대쪽으로 걸어갔다.

혼자서 사룡을 상대하려는 것 같았지만, 그 뒷모습을 본 칸나기는 무슨 생각을 했는지 히사고 씨의 팔을 꼭 잡았다.

『왜?』

『……쓰러뜨릴 수 있는 거지? 이상한 생각 하는 거 아니지?』

『……무슨 소릴 하는 거야? 너는 어서 해야 할 일을 해. 훠이훠이.』

다소 거칠게 칸나기의 팔을 뿌리친 히사고 씨는 허리에 찬 칼집을 잡았다.

그 순간, 위쪽에서 거대한 그림자가 내려왔다.

검은 비늘과 두 날개.

예리한 이빨이 엿보이는 꺼림칙한 입에서는 독살스러운 보라색 안개가 새어 나오고 있었다.

내게 악몽인 사룡이 그곳에 내려섰다.

그것을 목격한 카즈키는 압도되며 나를 보았다.

"우사토, 혹시⋯⋯."

"응, 저게 사룡이야. 내가 싸웠을 때는 약해져 있었지만, 저건 완전한 상태겠지."

포효한 사룡과 히사고 씨가 움직였다.

사룡이 꼬리를 휘두르자 가옥이 쓸려 나갔지만, 히사고 씨는 소도를 뽑아 그것을 막았다.

『계통 강화 「봉(封)」.』

사룡의 꼬리를 막은 소도에서 작은 빛구슬이 나왔다.

명백하게 체격이나 완력과는 다른 힘을 사용한 그는 사룡이 경악하든 말든 빛구슬을 휘감은 소도로 자신을 찔렀다.

『「해(解)」.』

일순 빛이 번쩍인 후 소도를 뽑았으나 몸에 상처는 없었다.

오히려 팔을 크게 치켜든 그는 그대로 사룡에게 달려가 녀석이 토한 독안개조차 무시하며 그 거구를 쳐서 하늘 높이 날려 버렸다.

그리고 사룡은 속수무책으로 계속 공격당했다.

"선대 용사의 마법은 저와 같은 빛마법⋯⋯ 이었죠?"

"응. 하지만 계통 강화가 카즈키 군과는 달라. 추측하건대 저건 온갖 것을 봉인하고 그걸 자유롭게 해방할 수 있는 계통 강화인 것 같아."

"그렇군요. 사룡의 힘을 봉인하고 그걸 해방해서 때린 건가요."

사룡도 약하지는 않았다.

아니, 오히려 혼자서 도시를 이렇게나 파괴했으니 이 대륙에서 제일가는 힘을 가졌다고 해도 좋았다.

다만 상대가 절망적으로 안 좋았을 뿐이다.

『네 이놈, 네 이놈!! 용사아아아!!』

한쪽 날개를 잘리고 한쪽 눈을 잃은 사룡이 입을 크게 벌려 독을 토하려고 했다.

『지금인가……!』

그 순간을 노리고 있었는지 소도를 역수로 잡은 히사고 씨가 녀석의 입속에 뛰어들었다.

그대로 사룡이 그를 꿀꺽 삼키자 선배가 당황하며 말했다.

"자, 잡아먹혔어?!"

그때, 히사고 씨를 삼킨 사룡의 몸이 경련하기 시작했다.

금색 빛이 사룡의 몸을 감싸더니 가슴 쪽에 모였고, 녀석은 마침내 땅에 쓰러져서 움직이지 않게 되었다.

완전히 숨이 끊어진 사룡의 입에서 기어 나온 히사고 씨는 그대로 움직이지 않게 된 사룡을 내려다보았다.

『이상한 생각인가. 아아, 확실히 이상한 생각이겠지…….』

그렇게 뉘우치듯 조용히 중얼거린 그의 손에는 조금 전까지 들고 있었던 소도가 없었다.

용사의 소도는 지금 이때 사룡의 영혼을 봉인하는 매개체로 쓰였을 것이다.

"이렇게 사룡은 봉인되고, 몇백 년 뒤에 네아가 다시 세상에 되살린 거구나."

"그리고 봉인에 쓰였던 소도가 우사토에게 넘어가고."

"그렇지. 하지만 문제는 이다음이야……."

사룡을 쓰러뜨리자 다시 장면이 크게 바뀌었다.

장면이 바뀌어 나타난 것은 많은 부상자가 누워 있는 피난소 같은 장소였다.

그곳에서 히사고 씨와 칸나기는 사룡으로부터 왕국을 구한 영웅으로서 많은 사람에게 감사 인사를 받고 있었다.

고마워요, 고마워요. 본심에서 우러나온 감사의 말.

그 말에 히사고 씨는 곤두서 있던 분위기를 부드럽게 풀었다.

"……이 세계 사람들도 아직 못 써먹을 정도는 아니었네. 또 히사고 씨가 비난받는 건가 싶어서 조마조마했어."

"이걸로 조금은 히사고 씨의 고뇌도 보답받았으면 좋겠는데요……."

그 광경을 본 선배와 카즈키는 한시름 놓은 듯 가슴을 쓸어내렸다.

하지만 앞으로 벌어질 일을 아는 나는 눈앞의 광경조차 안타깝게 보였다.

그래도 나는 일말의 바람을 담아 주위를 보았다.

하지만 그 바람이 무색하게도 히사고 씨의 뒤에는 정상에 종이 달린 작은 탑이 건설되어 있었다.

그 건물을 보고 구원은 없음을 안 나는 히사고 씨에게 앞으로 일어날 일을 두 사람에게 이야기하기로 했다.

"선배, 카즈키, 제가 사마리알에서 저주받았다는 얘기는 했었죠?"

"아, 응. 들었어."

"왕족을 좀먹는 저주였지? 먼 옛날에 죽은 마술사가 걸었다는."

"그 저주가 어떻게 생겼는지, 저는 아직 이야기하지 않았어요."

내 목소리에 맞춰 풍경이 바뀌었다.

사람들의 감사에 망가지려던 마음을 치유하는 히사고 씨의 모습은 보이지 않게 되었다.

나타난 것은 똑같은 장소였다.

"이건, 이럴 수가……!"

"이게 뭐야……!"

결정적으로 다른 것은 조금 전까지 히사고 씨에게 고마워하던 사람들이 전부 영혼을 뽑힌 것처럼 죽어 버렸다는 점이었다.

살아 있는 사람들은 슬픔에 잠겨 울부짖었고, 그런 그들 곁으로 달려온 히사고 씨는 그저 멍하니 무릎을 꿇을 수밖에 없었다.

"확실히 히사고 씨는 사룡을 쓰러뜨리고 많은 사람을 구했어요. 하지만…… 너무나도 강한 그 힘에 매료된 사람들이 있었어요."

"매료된……?"

"당시의 사마리알 국왕과 그를 섬기던 마술사예요."

지금 생각해도 바보 같은 이야기다.

사룡의 습격을 받은 후인데도 그들은 상처 입은 국민이 아니라 국민을 지키기 위해 힘쓴 히사고 씨만을 보았다.

"하지만 히사고 씨의 강력한 힘을 자기 것으로 만들려면 평범한 방법으로는 무리였어요."

"설마, 그 녀석들은 사룡의 습격으로 다친 사람들을……?"

"제물로 삼았죠. 그랬는데도 그들은 히사고 씨를 잡지 못했어요."

사람들의 죽음은 무의미했다.

그것을 이해한 선배와 카즈키는 말을 잇지 못했다.

"남은 것은 영혼을 뽑힌 육체뿐. 그들의 영혼은 몇백 년이나 마술사에게 구속당하게 되었고……. 그게 왕족을 좀먹는 사마리알의 저주가 된 거예요."

히사고 씨는 여전히 영혼을 뽑힌 시체가 된 사마리알 사람들을 보고 있을 뿐이었다.

아무 말 없이 우두커니 있는 그에게 다가온 칸나기가 분노를 터트렸다.

『그 녀석들, 죽여 버리겠어!』

『그만둬. 나기.』

『말려도 갈 거야! 악독한 놈들, 절대 용서할 수 없어!!』

『나기!!』

히사고 씨가 소리치자 칸나기의 어깨가 떨렸다.

『내가, 잘못 생각했어.』

『뭐?』

『이 시대의 인간은 구제할 길이 없어. 쓰레기들의 모임이야. 아무리 구한들 헛수고였어.』

히사고 씨는 무표정으로 눈물을 흘렸다.

멍하니 있는 칸나기를 내버려 두고 시체가 된 사람들에게서 시선을 돌린 그는 성의 반대쪽을 보았다.

『그 왕과 마술사가 곧 추격자를 보내겠지. 이 나라를 나가자.』

『……웃, 너는, 그래도 괜찮겠어?』

『어차피 녀석들은 멀쩡한 말로를 맞이하지 못해.』

그의 목소리에는 무서우리만큼 감정이 없었다.

마치 인형처럼 의사가 느껴지지 않게 된 그 말에 칸나기는 조금 전까지 보였던 분노를 잊고 앞서 걷는 히사고 씨에게 달려갔다.

『저, 저기. 다음으로 갈 곳은 링글 왕국이지?』

『……아니.』

걸어가며 그는 고개를 가로저었다.

『마왕을 쓰러뜨릴 거야.』

『어, 어째서……?』

갑자기, 심지어 눈앞에서 죄 없는 사람들이 많이 죽어 버린 직후에 그런 행동에 나서는 그를 보고 칸나기는 곤혹을 감추지 못했다.

『이제 지쳤으니까. 끝내려고.』

『히사고…… 너…….』

『나기, 미래를 얘기한 적이 있었지?』

히사고 씨는 아까와 다르지 않은 감정을 잃은 듯한 목소리로 칸나기에게 말했다.

『인간이 마족과 수인과 사이좋게 살아가는. 그런 꿈같은 미래가 오면 좋겠네.』

열을 잃은 그 목소리를 끝으로 장면이 끝났다.

선대 용사의 절망으로 이어진 과거를 목격한 선배와 카즈키의 표정은 어두운 채였다.

🌸제9화 싸우는 자들의 결의!!

우사토와의 동화를 푼 나는 그 녀석을 살리기 위해 필사적으로 달렸다.

그 녀석은 내게 둘도 없는 존재이기 때문이다.

나보다 훨씬 강한 마왕이 앞에 나타나자 나는 그저 무서워할 수밖에 없었다.

『저의, 동료이고…… 친구입니다!』

마왕의 중압 앞에서 우사토가 했던 말.

그 말에 내가 얼마나 구원받았는지 너는 모르겠지.

나는 절대 너만큼은 버리지 않기로 했다.

그래서 전력으로 로즈에게 향해 그녀를 마왕이 있는 곳으로 데려왔다.

그 후 다시 연합군과 마왕군의 싸움이 시작됐다.

마왕을 따르는 마족들과, 용사와 우사토를 구하기 위해 일어선 인간들.

서로 만신창이인 채로 싸웠지만 그 기백은 처음보다 더했다.

"……흥!"

"으악!"

달려드는 마왕군 병사를 어둠마법으로 만든 검으로 기절시켰다.

예전의 나라면 망설이지 않고 죽였겠지만, 지금은 검의 날을 무디게 해서 목숨까지 뺏지는 않았다.

……이 녀석들, 내가 마족이라는 걸 알면 어떻게 생각할까.

후드를 깊이 눌러쓰며 곧장 그 생각을 지웠다.

"그런 건 상관없나."

마족이든 인간이든 아무래도 좋다.

나는 그 녀석을 살리기 위해 움직이기로 했다.

"로즈……."

굉음이 울리는 곳에서 로즈가 우사토를 탈환하기 위해 마왕을 상대하고 있었다.

다쳐서 한쪽 팔밖에 못 쓰지만, 그래도 로즈는 비정상적인 신체 능력과 반사 신경만으로 마왕과 싸우고 있었다.

마왕이 쓰는 마술은 광범위하게 파괴를 가져왔다.

도저히 내가 다가갈 수 있는 수준의 싸움이 아니었다.

"치유마법사의 동료인가!"

"……?!"

뒤에서 들린 목소리에 검을 내밀며 돌아보려고 했지만, 그보다 먼저 파란 거구가 나를 공격하려고 했던 병사를 날려 버렸다.

"크앙!"

"블루링. 고맙다. 덕분에 살았어!"

우사토의 파트너이자 강력한 마물.

이 녀석도 틀림없이 구명단의 일원이었고, 지금도 등에 부상자를 태우고서 이동하고 있었다.

원래는 나도 검은 옷으로서 움직여야겠지만—.

"블루링, 나는 우사토가 깨어날 때까지 여기서 싸울 거야."

"크릉."

"우사토는 반드시 살릴 거야. 그러니까 너도 힘내."

이럴 때 말주변이 없는 자신이 싫어진다.

나를 올려다보는 머리를 한 번 쓰다듬자 블루링은 고개를 끄덕이고서 달려갔다.

"좋아, 나도……."

그때, 그리 멀지 않은 곳에서 불길이 치솟았다.

바로 그쪽을 보니 미아라크의 용사라는 레오나가 아미라와 코가를 상대로 싸우고 있었다.

아니, 잠깐. 자세히 보니 레오나의 어깨에 네아가 있었다.

"거기서 비켜!"

"그럴 순 없다!"

아미라와 레오나는 화염과 냉기를 맞부딪치며 싸웠다.

그런 두 사람을 방해하려는지 코가가 왼팔을 채찍처럼 변형해 공격했다.

"레오나! 코가의 공격이 와!"

"칫……!"

창을 회전시키듯 돌아본 레오나가 코가의 팔을 튕겼다.

네아가 있다고는 해도 2대 1로 싸우는 건 불리했다.

……사실은 코가 따위와 싸우고 싶지 않지만, 어쩔 수 없나.

각오를 다진 나는 레오나 곁으로 달려가며 어둠마법을 창처럼 늘려 코가에게 보냈다.

"죽어라, 코가!"

"으억?!"

"칫! 피했나!"

아슬아슬하게 피한 코가를 보고 혀를 찼다.

아니, 죽일 생각은 없었다.

그저 마음의 소리가 새어 나왔을 뿐이다.

"도와주러 왔어, 레오나!"

"고마워! ……그런데 너는 누구지?"

그러고 보니 나는 우사토와 동화되어 있었으니까 모르겠구나.

레오나가 곤혹스러워하자 어깨에 있던 네아가 나를 설명해 줬다.

"레오나, 이 아이는 페름. 미아라크에서 우사토가 불러냈던 마족이고 우리의 동료야! 아까까지 우사토랑 같이 싸웠어!"

"그렇군. 군데군데 무슨 뜻인지 모르겠지만, 같은 편이라는 건 알겠어!"

"지금은 그것만 알면 돼!"

그렇게 말하고 레오나 옆에 섰다.

아미라는 나를 보더니 어째선지 놀란 표정을 지었다.

"너, 정말로 그 흑기사인가?"

"······그렇다면 어쩔 건데?"

"생각보다 체구가 작아서 놀랐을 뿐이야. 솔직히 좀 더 우락부락하게 생겼을 줄 알았어."

"이렇게 생겨서 미안하게 됐네요!"

그러고 보니 마왕군에 있을 때도 이 녀석에게는 진짜 모습을 보여 주지 않았다.

그저 무시당하기 싫어서 늘 덩치 큰 흑기사 모습으로 있었다는 것은 비밀이다.

"하지만 충고한 대로, 내 앞을 막아서겠다면 베겠어."

"하! 할 수 있으면 해 봐. 너랑 싸우는 건 내가 아니지만 말이야."

솔직히 아미라와는 싸우고 싶지 않다.

이 녀석의 화염은 물리적인 위력이 아니라 주위 환경에 영향을 미칠 수 있기 때문이다.

반전 성질을 가졌을 때라면 모를까, 지금의 능력으로는 아미라와 맞붙을 엄두가 안 났다.

"그럼 네 상대는 나인가."

하지만 코가가 상대라면 어떻게든 된다.

아미라보다는 그나마 나은 정도이긴 하지만.

길게 얘기하고 있을 생각은 없는지 화염을 검에 휘감은 아미라가 그것을 높이 치켜들었다.

"온다!"

"그래!"

굉음과 함께 아미라가 화염벽을 만들었다.

이에 레오나는 창끝에 강한 냉기를 두르고 횡으로 휘둘렀다.

열과 냉기가 맞부딪치며 뜨거운 건지 차가운 건지 알 수 없는 바람이 불었지만, 그 바람을 타고 위에서 공격해 오는 코가를 나는 놓치지 않았다.

양팔에서 검은 마력을 늘려서, 여러 띠를 날린 코가의 공격으로부터 레오나를 지켰다.

"저 까만 녀석은 신경 쓰지 마! 너는 아미라와의 싸움에 집중해! 네아도!"

"알겠어!"

"말 안 해도 그럴 거야! 너도 실수하지 마!"

여전히 얄밉게 말하는 올빼미지만, 지금은 눈앞에 있는 바보 군단장의 발을 묶어야 했다.

내 앞에 착지한 코가는 변함없이 짜증 나게 실실 쪼개고 있었다.

"나랑 싸우려고? 이제 흑기사 때의 힘은 없잖아?"

"그딴 거, 나한테는 이제 필요 없어."

그렇게 단언하자 코가는 의외라는 표정을 지었다가 이내 재미있다는 듯 웃으며 내게 덤볐다.

"으랴!"

회전과 함께 날아온 코가의 발차기를 양팔로 막았다.

"으윽……! 우사토 녀석, 이딴 무식한 힘과 싸웠던 건가……!"

"아니, 힘만 따지면 그 녀석이 더 세!"

"말도 안 돼!"

이어서 코가가 휘두른 왼팔 채찍을 나도 왼팔을 방패로 변형시켜 방어했다.

"그렇게나 빈약했던 네가 꽤 잘 움직이게 됐잖아!"

"죽도록 달렸으니까!"

그 덕분에 체력과 반사 신경은 좋아졌지만, 그래도 코가에게는 한참 미치지 못할 것이다.

"큭!"

"이얍!"

힘의 차이는 분명했다. 당연한 일이었다.

이 녀석은 줄곧 싸움만을 추구한 전투바보다.

최근에 바짝 단련했을 뿐인 나와는 달랐다.

"그렇더라도!"

고작 그것뿐인 차이에 포기하지는 않는다!

포기할 수 있을 리가 없다!

오늘 하루뿐이었지만, 우사토의 싸움을 가까이에서 보고 그 녀석이 얼마나 터무니없는 녀석인지 이해했다.

하늘을 나는 상대에게 우악스러운 기술로 덤비고, 엄청나게 큰 마물에게도 덤비고, 절대 무리라고 생각했던 일을 언제나 뛰어넘는 녀석이었다.

"의외성으로 승부다……!"

코가의 주먹을 방패로 막고, 그 후 날아오는 발차기에 맞춰 발에서 만든 띠를 기다시피 늘려 코가의 한쪽 발에 감고 힘껏 당겼다.

발차기를 날리려고 한쪽 발을 들고 있던 녀석은 그 자리에서 멋지게 넘어졌다.

"으억?!"

"지금이다!"

발에서 마력 띠를 더 늘려서 녀석의 몸을 땅에 고정했다.

좋아, 움직임을 봉했다!

"잘도 때려 댔겠다! 일단 죽어!!"

우선 발차기를 몇 대 먹이자 코가가 견디지 못하고 구속에서 빠져나가 거리를 벌렸다.

그다지 대미지는 주지 못했지만 나를 보고 질겁하는 것 같았다.

"너, 너, 우사토 같은 짓을 하다니……!"

"당연하지. 그 녀석이라면 이렇게 할 테니까."

정면으로만 공격하면 맞을 공격도 안 맞는다.

그렇다면 맞도록 공격하면 된다.

"……하! 뭐랄까. 너 정말로 변했구나."

"멋대로 지껄여!"

이 녀석에게는 이길 수 없다.

하지만 발을 묶는 거라면 가능하다.

로즈가 우사토를 구출할 때까지 나는 여기서 싸운다.

＊＊＊

사마리알을 떠나고 나서 히사고 씨는 변했다.

그 이후로 히사고 씨와 칸나기가 마왕의 부하들과 솔선해서 싸우는 장면을 여러 번 보았지만, 내가 보기에 그는 이제껏 그랬듯 사명을 위해 싸우는 것 같지 않았다.

"우리는 아무것도 몰랐구나……."

마왕군을 상대로 담담히 칼을 휘두르는 히사고 씨의 모습을 눈에 담으며 선배가 그렇게 중얼거렸다.

"저희는 상당히 축복받은 편이네요."

우리도 거의 강제적으로 끌려왔지만, 링글 왕국은 마왕군이라는 위협 때문에 벼랑 끝에 몰려 있었다.

다른 수단이 없었기에 용사 소환을 감행한 것이었고, 링글 왕국의 왕인 로이드 님은 우리의 안전도 걱정해 줬다.

나는 소환되고 바로 구명단에 끌려갔지만.

"그렇기에 히사고 씨를 우리와 겹쳐 봐서는 안 된다고 생각해."

"어째서요?"

"이렇게 말하면 좀 그렇지만, 우리와 히사고 씨는 싸움에 임하는 정신이 너무 다르니까."

카즈키의 의문에 선배가 그렇게 대답했다.

싸움에 임하는 정신.

확실히 두 사람과 히사고 씨는 다를 것이다.

"히사고 씨는 생명의 은인인 헤이갈의 국왕에게 충성을 맹세하고 싸웠어. 아무리 환경이 힘들고 주위에서 핍박해도 확실한 자기 자신을 가지고 있었어."

"저희도 링글 왕국 사람들을 돕자는 마음은 있지만, 히사고 씨와 똑같다고 할 수는 없네요……."

히사고 씨를 보니 그는 여러 빛구슬을 조종하여 수천에 달하는 마왕군 병사들을 상대로 무쌍을 찍고 있었다.

상처를 입으면 아마도 치유마법을 봉인했을 빛구슬을 해방시켜서 고쳤다.

다른 빛구슬을 파괴하자 불과 물이 넘쳐흘러 주위를 유린했다.

"마왕은 선대 용사가 얼마나 강했는지 보여 줘서 우리를 의기소침하게 만들려고 했을지도 모르지만, 이 정도에 우리는 좌절하지 않잖아?"

"아뇨, 같은 빛마법사로서 자신감을 잃었어요……."

"히사고 씨의 강함을 보니 조금 불안해지네요……."

"……훗, 둘 다 겸손이 지나쳐."

억지로 밀어붙이는군요.

어떤 상황에서나 긍정적인 게 선배의 좋은 점이지만요.

"하지만 히사고 씨에게 없는 것이 우리에게는 있어."

""네?""

"흐흥, 뭔지 알겠어?"

어째선지 의기양양한 얼굴인 선배를 보고 고개를 갸웃하며 진지하게 생각해 봤다.

히사고 씨에게는 없고 우리에게는 있는 것…….

뭔가를 떠올렸는지 나처럼 생각에 잠겨 있던 카즈키가 고개를 들었다.

"……우정?"

"아까워!"

"아까운가요…….”

그런 모호한 개념이어도 되는 건가요?

그럼 노력이라든가?

아니지, 히사고 씨도 평범하게 노력했으니까 아니겠네.

안 되겠다. 전혀 모르겠어.

정답을 알 수 없어서 끙끙대고 있으니 다시 카즈키가 대답했다.

"혹시 우사토?"

어째서 나?

확실히 히사고 씨에게는 없는 거지만…….

"카즈키 군, 정답!"

정답인 거냐.

그보다 왜 카즈키는 내 이름을 든 거야?

그리고 왜 선배는 내 이름을 정답으로 삼은 거야?

"히사고 씨는 혼자 소환됐지만 우리에게는 네가 있어. 그것만으로도 크게 달라."

"선배, 정답으로 나온 제가 가장 곤혹스러운데요. 설명해 주시겠어요?"

"음, 어쩔 수 없지. 설마 너 자신이 모를 줄이야…… 아, 미안! 제대로 설명할 테니까 딱밤 날리려고 하지 마!"

내가 말없이 손을 들자 선배는 여유를 잃고 뒷걸음질 쳤다.

"우사토 군의 존재는 네가 생각하는 것 이상으로 커. 적어도 나랑 카즈키 군에게는 그래."

"……."

"이 세계에 소환되고 나서도 그랬지. 우리를 위해 노력하는 네가 있었기에 우리도 해야 할 일을 놓치지 않고 행동할 수 있었어."

그 당시의 나는 그저 짐이 되기 싫다는 일념으로 로즈의 호된 훈련에 따랐을 뿐이다.

하지만 그런 내 모습이 두 사람에게 도움이 됐다면 그건 좋은 일이겠지.

이제 와서 들으니 멋쩍기는 하지만.

"그리고 네가 있었기에 나랑 카즈키 군은 죽지 않았어."

"……흑기사 때를 말하는 거예요?"

"그래. 너라는 존재가 우리의 운명을 바꿨어."

확실히 내가 그곳에 달려가지 않았다면 선배와 카즈키는 반드시 죽었을 거다.

아무 말도 못 하고 멍하니 있는 나를 보며 선배는 웃었다.

"우사토 군. 너는 용사라는 사명에 사로잡혀 있지 않기에 누구의 뜻에도 얽매이지 않는 위치에서 행동할 수 있었어. 누구도 예상하지 못한 방식으로 움직이고, 누구도 꺾지 못하는 강한 의지를 가지고 있기에 우리의 운명에 큰 변화를 주고 있어."

"선배, 너무 과대평가—."

"아니, 적어도 나는 그렇게 생각해."

용사가 아니기에 할 수 있는 일.

지금까지 그런 건 생각도 안 했었다.

그저 악착같이 돌진하며 내가 할 수 있는 일을 한 끝에 지금의 내가 있었다.

그리고 그건 아마 앞으로도 변함없을 것이다.

"뭐, 지금까지 한 얘기를 빼더라도, 나는 우사토 군이 있는 것만으로도 즐겁지만!"

"산통 깨는 발언이에요……."

그런 부분도 선배답지만.

그때, 히사고 씨가 있는 쪽에서 굉음이 울렸다.

아무래도 그가 커다란 기술을 쓴 것 같았다.

"언제쯤 이 환상에서 빠져나갈 수 있을까요."

내가 그렇게 중얼거리자 선배와 카즈키가 고개를 끄덕였다.

"단순히 환상을 다 보면 나갈 수 있을 가능성이 제일 큰데……."

"바깥이 어떻게 됐는지 알 수 없다는 게 가장 문제네요."

환상 속에서는 시간의 흐름이 모호하니 어쩌면 그다지 시간이 지나지 않았을지도 모르지만, 무방비한 상태로 마왕에게 붙잡혀 있다면 최악이다.

"아까 머리를 힘껏 때려서 억지로 깨어나려고 했는데 안 됐으니까 힘으로는 해결할 수 없을 것 같아요."

"어? 우리가 안 보는 사이에 뭘 한 거야……?"

그야 눈앞에서 그러면 걱정할 게 뻔하니까요.

"……음? 슬슬 다음으로 넘어가려나 봐."

선배의 목소리를 듣고 얼굴을 드니, 싸움에 몰두한 히사고 씨의 모습과 주위의 공간이 일그러졌다.

＊＊＊

나타난 것은 어두운 분위기의 건물 안이었다.

히사고 씨가 지하로 가는 통로를 걸었다.

하지만 지금까지 늘 곁에 있었던 칸나기의 모습은 없었고, 그의 무기인 파르가 님의 칼도 차고 있지 않았다.

대신 들고 있는 것은 평범한 검이었다.

"지금까지와는 뭔가 달라……."

히사고 씨가 풍기는 분위기와 주위의 이상한 변화를 보고 카즈키가 그렇게 중얼거렸다.

히사고 씨는 말없이 통로를 걸어갔다.

그 끝에는 한층 큰 공간이 펼쳐져 있었고, 안쪽에 놓인 옥좌에 한 마족 남성이 앉아 있었다.

그 남성— 마왕은 천천히 걸어온 히사고 씨를 보고 작게 웃었다.

『왔는가, 용사여.』

『여기까지 와 줬다. 마왕.』

두 사람은 마치 잡담이라도 하듯 대화했다.

『여러 번 싸웠지만, 아무래도 이번만큼은 진심인 것 같군.』

『그래. 이제 끝낼 거다. 너희 마족과의 싸움을 말이야.』

『나는 조금 더 즐기고 싶다만. 솔직히 인간들과의 싸움보다도 너를 상대하는 게 더 재미있다. 여하튼 너는 강하니 말이지.』

『……』

무표정인 히사고 씨와는 대조적으로 마왕은 아까부터 즐겁게 웃고 있었다.

그는 히사고 씨의 모습을 보고 작게 고개를 기울였다.

『네놈의 종자는 어쨌지? 예지마법을 쓰는 수인이 있었을 텐데?』

『나기는 여기 오기 전에 두고 왔어. 떼를 써서 애먹었지만…… 그 녀석에게 이 싸움을 보여 주고 싶지는 않았으니까.』

『보여 주고 싶지 않았다고. 확실히 그 수인 계집은 짐밖에 안 되겠지. 하지만—.』

마왕은 검지로 히사고 씨의 검을 가리켰다.

『—왜 파르가의 칼조차 안 가지고 있지?』

마왕이 강렬한 위압감을 발산했으나 히사고 씨는 눈썹 하나 까딱하지 않고 허리에 찬 검에 손을 올렸다.

『그건 내 힘을 보조하는 것에 불과해. 내가 내 힘을 완전히 구사하게 된 지금, 그건 더 이상 필요 없어. 그래서 나기에게 맡겼다.』

『신룡의 무구조차 지금의 너에게는 불필요하다는 건가. 네놈은 정말로 망가진 인간이군.』

『멋대로 지껄여라.』

유쾌하게 말하는 마왕에게 차갑게 대꾸한 히사고 씨는 검을 잡았다.

지금부터 싸움이 시작되나 싶어서 긴장했지만, 마왕은 기다리라는 듯 손을 앞으로 들었다.

『용사여. 싸우기 전에 몇 가지 묻고 싶은 게 있다만 그래도 되겠는가?』

『……무슨 속셈이지?』

『전혀 모르는 사이는 아니지 않은가? 죽고 죽이기 전에 조금 더 얘기를 나누기로 하지.』

기세가 꺾였는지 히사고 씨는 한숨을 쉬면서도 칼자루에서 손을 뗐다.

그런 그를 보고서 마왕이 옥좌에 팔꿈치를 올리고 턱을 괬다.

『계속 궁금했는데 왜 너는 인간들 편을 들지? 네놈에게 이 세계의 인간은 아무 상관도 없는 타인이지 않은가.』

『…….』

『이 지경이 됐는데도 목숨을 구해 줬기 때문이라는 웃기는 소리를 지껄이지는 않겠지. 네놈이 인간들에게 이미 학을 뗀 것은 알고 있다.』

『꿰뚫어 보고 있는 건가.』

마왕은 빠르게 말을 던졌다.

『그야 그렇겠지. 너를 소환한 헤이갈 왕국이 멸망했는데도 네놈은 눈썹 하나 까딱하지 않았으니까.』

『……멸망시킨 건 너일 텐데.』

『헤이갈 왕국은 네게 도와달라고 했다. 그리고 너는 그걸 무시했지. 주군이란 것을 섬기고 있을 터인 네가 말이야.』

헤이갈 왕국은 이미 멸망한 건가……?!

멸망했다면 우리가 있는 시대에 존재하지 않는 것도 납득이 간다.

헤이갈 왕국은 히사고 씨에게 몹쓸 짓을 했지만, 나라 자체가 멸망하다니…….

『용사여. 원래 세계로 돌아갈 생각은 없는가?』

『……뭐라고?』

마왕의 말에 히사고 씨는 의아한 표정을 지었다.

그의 그런 반응을 즐기듯 마왕은 손 위에 황금색으로 빛나는 종이 같은 것을 출현시켰다.

『헤이갈 왕국을 멸망시켰을 때 손에 넣은 스크롤이다. 이걸 쓰면 너는 원래 세계로 돌아갈 수 있다.』

스크롤이라면 우리가 소환됐을 때도 쓰였다는 마술이 기록된 종이를 말하는 건가?

『아니, 나는 돌아갈 생각이 없어.』

『호오, 돌아가고 싶지 않다고?』

『나는 죽을 인간이었어. 원래 세계에는 돌아갈 곳도 없고 기다리는 사람도 없어.』

그렇게 말한 히사고 씨의 심경을 나는 헤아릴 수 없었다.

원래 세계에 돌아갈 가능성을 히사고 씨가 망설임 없이 버리자 마왕은 유쾌하게 웃었다.

『여기서 고개를 끄덕이는 재미없는 인간이었다면 다른 차원으로 보내 주려고 했다만…… 역시 네놈은 내 기대를 배반하지 않아.』

『그럴 줄 알았지.』

『하지만 이건 틀림없이 진짜다. 내게서 뺏는다면 정말 원래 세계로 돌아갈 수 있다.』

『끈질겨. 두말 안 해. 다시는 그딴 걸 보여 주지 마.』

불쾌해하는 히사고 씨의 반응을 즐기며 마왕은 손에서 스크롤을 없앴다.

스크롤이 진짜라면 당시에는 다른 세계에서 소환한 사람을 원래 세계로 돌려보낼 방법이 있었다는 거다.

아마 지금 시대에는 소실된 기술이겠지만…….

『그럼 네놈은 뭘 하고 싶지? 이대로 나를 죽이고 인간들의 영웅이라도 되려는 건가?』

『인간 따위 이제 어찌 되든 좋아. 관심조차 없어.』

『확실히 인간은 자기들만 생각할 줄 아는 열등한 종족이다. 그들과 비교하면 우리 마족이나 수인족이 훨씬 낫지.』

『……너는 왜 인간에게 싸움을 걸지.』

『싸움이다. 우리는 싸우기 위해 침략하고 있다. 다른 이유는 없다.』

마왕은 그저 싸우고 싶다는 욕망을 위해 인간이란 종족을 위기에 빠뜨렸다.

제멋대로인 동기에 말문이 막혔지만, 히사고 씨는 화내기는커녕 미소 지었다.

『그런 이유인가.』

『고상한 이유를 기대했나?』

『아니, 그편이 단순해서 좋아.』

그 자리에 주저앉은 히사고 씨는 자신의 손바닥을 바라보며 작게 말했다.

『나는, 인간의 가능성을 믿고 싶어.』

『호오. 아까는 인간 따위 어찌 되든 좋다고 했으면서 말인가?』

『하지만 그건 지금이 아니야.』

그렇게 단언한 그의 말에는 희미한 감정이 담겨 있는 것 같았다.

선언이라고도 할 수 있는 그의 말에 마왕은 관심을 드러내며 웃었다.

『지금은 혼미한 시대야. 내가 살던 세계처럼 전쟁으로 피가 흐르고 있어. 사람들의 마음은 좀 먹혀서 피폐해졌어.』

『흠.』

『그런 시대에 나는 그들을 지켜야 하는지, 지킬 가치가 있는지 알 수 없어졌어.』

『착해빠졌군. 냉큼 버리면 될 것을.』

마왕은 내뱉듯이 그렇게 말했다.

아랑곳하지 않고 히사고 씨는 말을 이었다.

『칸나기가 꾼 꿈⋯⋯. 인간, 마족, 수인, 마물이 손을 맞잡는 미래를 그 아이는 봤어.』

『그런 망언을 믿는가?』

『믿느냐고? 틀렸어. 매달린 거야.』

히사고 씨는 자조하듯 웃었다.

『그 아이가 본 미래가 언젠가 실현된다면, 인간도 못 써먹을 정도는 아니라고 생각했어.』

『⋯⋯제정신인가?』

마왕은 히사고 씨의 말에 의아한 표정을 지었다.

『지금은 끔찍하고, 추악하고, 구제할 길이 없는 사람들이어도, 칸나기가 본 미래는 달라. 아득한 미래의 인간에게 가치가 있다면⋯⋯ 나는 거기에 걸어 보겠어.』

그렇게 말하고 일어난 그는 허리에 장비한 검을 뽑았다.

아무런 장식도 없는 투박한 검을 마왕에게 겨눈 그는 자신의 몸에서 여러 빛구슬을 출현시켰다.

『시험해야 할 미래는 앞에 있어. 나는 여기에 최후의 쐐기를 박겠다.』

『크크, 크하하! 그래, 그런가. 그걸 위해 너는 이곳에 왔는가! 어떻게 될지 모를 미래를 위해 자신을 희생하고자 하는가!! 이렇게나 우스꽝스러운 자였다니!!』

더할 나위 없이 즐겁게 웃은 마왕이 옥좌에서 일어났다.

『좋다! 망가지고서도 나름대로 내놓은 그 생각을 실행에 옮길 수 있을지 지금 여기서 시험해 봐라! 나의 벗이여!!』

『너랑 벗이 된 적은…… 없다!』

양손으로 검을 움켜쥔 히사고 씨가 마왕에게 달려들었다.

이에 마왕은 한쪽 손에 마술을 띄웠다.

그대로 두 사람이 격돌하자 충격파가 발생하여 주위의 벽에 크게 금이 갔다.

"여, 여러모로 대화도 신경 쓰이지만, 싸움이 시작되어 버렸어요!"

"화, 환상이니까 우리가 실제로 해를 입진 않겠지만, 엄청난 박력이네……!"

최종 결전이 시작되어 나뿐만 아니라 선배와 카즈키도 당황했다.

우리가 그러든 말든 환상으로 만들어진 두 사람은 서로 팽팽하게 맞서며 전투를 펼쳤다.

『여긴 좁군.』

『……!』

『좀 더 싸우기 편하게 만들기로 하지.』

그렇게 말한 마왕의 손에 마술 네 개가 떠올랐다.

문양과 형태가 전부 제각각인 그것을 동시에 히사고 씨에게 날려서 천장으로 밀어 올렸다.

꿍음과 함께 천장에 처박히고서도 히사고 씨의 몸은 멈추지 않았고, 그 엄청난 충격에 천장이 붕괴되어 대량의 잔해가 떨어졌다.

순식간에 천장이 전부 파괴되고 달빛이 비쳐 들었다.

히사고 씨는 어떻게 됐지?!

설마 조금 전의 일격에 당했나?!

하늘로 날아간 그를 올려다보니.

『해(解)』

히사고 씨의 목소리가 위에서 울렸다.

그 순간, 달빛이 들어오는 위쪽에 갑자기 거대한 뭔가가 나타났다.

그것은 하늘을 뒤덮을 만큼 큰 흙덩어리— 아니, 산 그 자체였다.

믿을 수 없을 만큼 거대한 질량을 가지고서 나타난 그것은 마왕을 향해 똑바로 떨어졌다.

『지형 자체를 마법에 봉인했나! 재미있군!』

양팔에 마술을 휘감은 마왕이 공중에 떠 하늘로 올라갔다.

다음 순간, 눈부신 빛과 함께 산이 부서졌다.

『마왕!!』

『크하하, 역시 너와의 싸움은 좋다!』

여러 빛구슬을 휘감으며 검을 휘두르는 용사.

셀 수 없이 많은 마술을 병행해서 발동시키며 주위를 모조리 파괴하는 마왕.

둘 다 틀림없이 괴물이었다.

현실과 너무나도 동떨어진, 신화라고 해도 믿을 만한 싸움 앞에서 나는 아연해할 수밖에 없었다.

"뭐야, 이거……."

"너무 터무니없잖아……."

무심코 카즈키와 함께 그렇게 중얼거리고 말았지만, 이런 싸움은 여태껏 본 적이 없었다.

그러나 경악과 함께 내 속에 다른 감정이 떠올랐다.

현실의 마왕에 대한 걱정이었다.

우리가 싸웠던 마왕은 이렇게 호전적이지 않았고, 무엇보다 다루는 마술도 눈앞의 광경보다 다소 얌전했을 터다.

"……혹시 우리를 봐주고 있었나?"

지금 이 공방을 보면 그렇게 생각할 수밖에 없었다.

그렇다면 절망적이다.

밖에 있는 모든 인간의 힘을 합쳐도 도저히 마왕을 이길 수 없을 것이다.

"우사토 군, 그 가능성은 나도 생각했지만, 그렇다면 지금까지 왜 마왕군을 인간과 싸우게 했는지 알 수 없어."

"선배……?"

내 중얼거림에 선배가 반응했다.

선배는 하늘에서 내려오는 산을 파괴하는 마왕을 응시하며 입을 열었다.

"마왕은 어째서 마왕군을 퇴각시키고 나서 나왔을까? 이 시대의 그가 말했듯 싸우는 것 자체가 목적이라면 처음부터 그가 나서서 우리를 멸망시키면 돼."

"……그러게요."

곰곰이 생각해 보면 마왕이 직접 나올 타이밍은 얼마든지 있었을 터다.

과거 마왕의 성격을 보면, 싸움으로 지쳤을 때 나타나서 힘을 가감한 채 해치우려고 하는 것은 마왕답지 않다는 생각조차 들었다.

"우사토 군, 카즈키 군. 이건 어디까지나 내 추측이야. 반쯤 흘려 들어."

"".......네.""

나와 카즈키가 대답하자 선배는 결심한 듯 입을 열었다.

"어쩌면 우리가 싸웠던 마왕은 약해져 있는 걸지도 몰라."

"약해져 있다고요?"

"그래. 그저 놀고 있었던 걸지도 모르지만, 거기에 걸어 볼 가치는 있다고 생각해."

"하지만 어쨌든 지금 상태로는 이길 수 없어요."

그랬다.

우리가 지금 여기 있는 것은 마왕에게 허를 찔려 마술에 당했기 때문이다.

그의 다채로운 마술에 방어하기 급급했으니, 대책 없이 돌격해도 승산은 없을 것이다.

"그렇기에 우리가 힘을 합쳐야 해."

"힘을......?"

"합친다......?"

선배는 나와 카즈키를 번갈아 보았다.

가, 갑자기 열혈 분위기가 됐네.

"아까의 싸움은 팀워크고 뭐고 전혀 없었어. 그저 공격하고 막았을 뿐이지. 솔직히 내가 가장 감정적으로 굴었던 것 같지만…… 지금은 분명하게 자각했으니까 괜찮아."

"저도 같이 싸우는 우사토와 동료만 신경 쓰느라 제대로 자신의 마법을 다루지 못했어요."

"그리고 마왕이 갑자기 나타났기에 깜짝 놀라서 냉정하지 못했어. 느닷없이 최종 보스가 나타나면 누구든 컨트롤러를 내던지잖아."

"선배…… 뭐, 하고 싶은 말은 알겠지만요."

선배의 말에 살짝 공감하면서 나도 마왕과 싸웠을 때의 반성점을 떠올렸다.

나도 마술에 당황해서 공격을 정통으로 맞기만 했다.

중력 주술에 걸리지만 않았다면 좀 더 선배를 보조할 수 있었을지도 모르는데…….

자연스럽게 각자의 반성점을 말한 우리는 다시금 서로를 보았다.

"바깥의 상황이 어떻게 됐을지는 알 수 없지만, 어떤 의미에서 기회야. 우리 셋이서 할 수 있는 협동 작전을 이 틈에 세워 두자."

"지금 상황을 역이용하는 거군요."

"그런 거지."

마왕이라는 불가사의한 존재.

현재와 과거의 상이한 강함.

힘을 숨기고 있는 것인지, 아니면 약해진 것인지, 아직 확증은 없다.

하지만 그래도 우리는 포기하지 않는다.

각자의 힘으로 이룰 수 없다면 세 사람의 힘을 합치면 된다.

용사와 마왕이 싸우는 충격과 굉음이 울리는 환상 속에서 우리는 마왕을 타도하기 위해 작전을 세우기 시작했다.

제10화 깨어나라 우사토! 각성의 때!!

마왕.

겉모습은 조금 덩치가 큰 마족일 뿐이지만 그 힘은 강력했고, 마술이라는 특수한 기술을 구사하는 성가신 적이었다.

우사토와 두 용사가 붙잡혔다고 페름에게 들었을 때는 머리가 아팠는데, 이렇게 마주해 보니 그들이 붙잡힐 만하다는 생각이 들 만큼 강적이었다.

"……빠르군."

"네놈이 느린 거다."

마왕의 손에서 방출된 화염을, 발로 땅을 찍어서 흙을 올려 막았다.

"이 시대의 치유마법사는 이상하군."

"엉?"

"내가 봉인되기 전의 시대에는 직접 전장에 나오는 치유마법사는 존재하지 않았다. 왜 너 같은 치유마법사가 나타났는지는 모르겠으나 경탄할 만하군."

녀석이 이쪽을 향해 손을 듦과 동시에 옆으로 뛰자 조금 전까지 내가 있던 곳의 지면이 뭔가에 눌린 것처럼 파였다.

역시 중력과 관계된 마술인가.

성가시지만, 안 맞으면 된다.

"그럼 어떻게 녀석한테서 우사토를 해방할까……."

마왕은 거품 같은 마력 속에 우사토, 카즈키, 스즈네를 가뒀다.

세 사람의 눈은 공허했다. 살아있긴 하지만 의식은 완전히 잃은 듯했다.

"일단 후려칠까."

깨우는 데는 이게 가장 빠르겠지.

문제는 그게 가능할지인데…….

네로와 싸우면서 다친 왼쪽 어깨는 응급 처치를 했지만, 저주 때문에 치유마법이 듣지 않아서 제대로 움직일 수 없는 상태였다.

"어딜 보는 거지."

마왕이 광범위한 전격계 마술을 썼다.

내게 육박하는 번개를 오른손으로 쳐 내며 마왕에게 접근을 시도했다.

"으랴아!"

"허술해.「전이 주술」."

마왕은 뒤쪽에 하얀 소용돌이를 만들어 우사토와 용사들과 함께 들어갔다.

기척이 느껴진 방향으로 즉각 몸을 돌려서 발차기를 날렸지만 그것은 녀석이 보낸 전격을 없앴을 뿐이었다.

그리 멀지 않은 곳에 내려선 녀석은 놀란 표정을 지었다.

"너처럼 강한 인간을 죽이는 건 무리겠군."

"이봐이봐, 패배 선언인가?"

내가 도발해도 마왕은 태연한 얼굴로 손에 마력을 모았다.

"아니, 방식을 바꿀 뿐이다."

그렇게 말한 녀석은 양손에 마술 두 개를 발동시켰다.

하나는 나도 본 적이 있는 구속 마술이었지만 다른 하나는 처음 보는 것이었다.

녀석의 손에서 여러 개로 갈라진 검은 사슬이 나타났다.

"구속 주술과 박쇄(縛鎖) 주술. 이 두 마술로 너를 막아 주마."

"하! 해 봐. 막을 수 있다면 말이야!"

내 도발에 맞춰 주술 문양을 휘감은 검은 사슬이 쇄도했다.

그것은 나를 포위하듯 전개되어 추적해 왔지만 그렇게 빠르지는 않았다.

"격뢰(擊雷) 주술."

하지만 동시에 다른 마술까지 병행해서 날아온다면 조금 귀찮았다.

사슬과 번개를 피하며, 움직이지 않는 왼팔을 일부러 사슬에 스치도록 접촉시켰다.

접촉과 동시에 왼팔 전체가 순식간에 사슬에 감기고 구속 주술이 걸렸다.

"그렇군……."

오른손의 손날로 왼팔의 사슬을 파괴하며 속박 주술이 어떤 것인지 파악했다.

박쇄 주술이란 것은 말 그대로 사슬처럼 상대에게 휘감기는 성질을 가진 마술인가.

마력을 많이 담을수록 강도가 세질 것 같았다. 움직임 자체를 막는 구속 주술과 합쳐지면 위협적이다.

나도 잠깐은 움직이지 못할지도 모른다.

"하지만 역시 완전하지는 않아."

"······왜 그렇게 생각하지."

"그딴 건 보면 알아. 괜찮은 척하고 있지만 속은 상당히 망가졌잖아."

치유마법사로서 전장을 달리며 죽음을 접하다 보면 대충 알게 된다.

이 녀석은 틀림없이 약해져 있다.

그것도 현재 진행 중으로.

"치유마법사로서의 눈과 직감인가. 정말로 인간은 얕볼 수 없는 생물이야."

끊임없이 마술을 날리면서도 녀석은 무엇을 떠올렸는지 웃었다.

"너의 제자에게도 놀랐다."

"당연하지. 언제나 내 상상을 넘어서는 녀석이야."

"그 말에는 동의해 주마."

"선심 쓴다는 말투네. 마음에 안 들어."

마술 사슬이 육박함과 동시에 발치에 있던 적당한 돌을 두어 개 주워서 마왕에게 던졌다.

날아오는 돌을 알아차린 마왕이 즉각 마술 장벽으로 막았지만 돌은 그 장벽을 깨부쉈다.

"돌팔매라니 어린애 장난과 같다고 말하고 싶지만, 이쯤 되니 일종의 기술이군."

돌에 정신이 팔린 순간을 노려 접근해서 그대로 목을 따려고 발차기를 날렸으나, 네로가 썼던 것과 비슷한 바람 갑옷만을 부쉈을 뿐 본체에는 닿지 않았다.

"칫, 그 녀석과 똑같은 방어법인가."

"그리고 그 움직임도 내가 아는 인간과는 명백하게 동떨어져 있다."

뒤에서 날아오는 사슬을 상체를 젖혀 피했다.

슬슬 짜증 나는데.

이대로 계속 싸워도 좋지만, 참다못한 마왕이 주위 병사들을 노리면 여러 가지로 귀찮다.

그렇다면 냉큼 우사토 녀석을 깨워서 사태를 진전시켜야겠군.

그러려면 조금 무리를 해야겠지만⋯⋯.

"뭐, 생각할 필요도 없나⋯⋯!"

그대로 방향을 전환해 마왕에게 돌격했다.

갑작스러운 행동에 마왕은 당황했지만 그래도 냉정하게 이쪽으로 사슬을 날렸다.

"하찮아!"

그것들을 오른팔로 부수고 강제로 밀고 나갔다.

점차 몸에 사슬이 감기고 구속이 걸렸지만 그것조차 무시하고 마왕에게 달려갔다.

"윽!"

"성급하게 굴었군, 치유마법사."

마왕에게 오른팔이 닿는 순간, 주위에 뜬 마술에서 나온 사슬이 내 몸에 감겨 움직임을 봉했다.

완전히 움직이지 못하게 되자 마왕은 연민 어린 시선을 내게 보냈다.

"힘으로 밀어붙이다니. 양팔이 건재했다면 모를까, 한쪽 팔로는—."

"이 정도로……."

"음?"

"이 정도로 나를 막을 수 있을 것 같아?!"

"뭐라?!"

혼신의 힘으로 사슬과 구속 주술의 일부를 깨뜨렸다.

"날 아주 우습게 봤나 본데!"

그대로 팔을 뻗은 나는 오른팔을 크게 휘둘러 마왕을 후려쳤다.

"윽……! 하지만!"

주먹을 마술로 막은 녀석이 내 쪽으로 손을 들자 중압이 몸을 짓눌렀다.

하지만 생각보다 무겁지는 않았다.

사슬에 감긴 채 몸을 억지로 움직여서 멍청한 얼굴로 자고 있는 제자의 멱살을 잡아 거품에서 끄집어냈다.

그와 함께 거품이 터지며 두 용사도 땅에 떨어졌다.

"여, 우사토."

멱살을 잡은 채, 눈을 감은 우사토에게 얼굴을 가까이 가져갔다.

마음 같아서는 후려갈기고 싶지만, 지금은 한쪽 팔밖에 못 쓰니—.

"일어나, 이 얼간아!"

혼신의 박치기로 타협해 주겠다.

"한 번 더!"

쿵 소리와 함께 이마에서 피를 터뜨린 우사토는 고통스러워하며 눈을 떴다.

"아, 아파아아아! 뭐 하는 거예요, 단장님!!"

"오, 일어났냐."

뒷일은 너희에게 맡기게 될 것 같다.

마왕은 홀로 맞설 상대가 아니다.

한 번이라도 붙잡히면 지금의 나처럼 움직이지 못하게 돼서 그대로 궁지에 몰리기 때문이다.

그렇기에 네가…… 너희가 서로 협력하여 싸워야 한다.

공교롭게도 내게는 같이 싸울 녀석이 없지만, 너한테는 있으니까.

***

히사고 씨와 마왕의 싸움이 눈앞에서 펼쳐지는 가운데, 우리는 마왕과 싸우기 위한 작전을 세우고 있었다.

환상이 언제 끝날지도 알 수 없었지만, 그래도 필요한 일이라고 믿고 이야기를 진행하는데 갑자기 선배와 카즈키가 내 얼굴을 보고 낯빛이 창백해졌다.

"어? 왜 그래?"

"우, 우사토?! 머리에서 피가 나!"

"가, 갑자기 피투성이가 됐어! 우사토 군, 괜찮아?!"

"네?"

그때, 내 머리에 익숙한 충격이 가해졌다.

"으헉?!"

쿵 하고 두개골뿐만 아니라 뇌조차 진동시키는 충격.

그로 인해 시야 전체가 깨지며 눈앞의 광경이 지워졌다.

무언가가 이마를 타고 흐르는 감각에 눈을 뜨자 아주 멋지게 웃으면서 나를 노려보는 나의 스승, 로즈의 얼굴이 코앞에 있었다.

그리고 뒤늦게 아픔이 찾아와서 까무러쳤다.

"아, 아파아아아! 뭐 하는 거예요, 단장님!!"

"오, 일어났냐."

어? 어?!

혹시 아직 환상 속인가?!

선대 용사 히사고 씨의 악몽이 아까 그거였다면, 내 악몽은 로즈?!

아니, 틀린 말은 아니지만, 왜 이 타이밍에—.

"진정 좀 해, 멍청아."

"아파!"

이, 이 불합리한 공격…….

틀림없이 진짜 로즈다!

치유마법으로 이마를 고치며 주위를 보니 마족 병사들과 연합군 전사들이 싸우고 있었다.

그리고 그리 멀지 않은 곳에는 이쪽을 살피는 마왕이 있었다.

"다, 단장님이 도와주셨군요……."

"오냐. 나도 이 꼴이긴 하지만."

그렇게 말한 로즈의 몸에는 많은 사슬과 구속 주술이 휘감겨 있었고, 게다가 중력 주술도 받았는지 로즈가 있는 곳만 땅이 파여 있었다.

이, 이렇게나 마술을 받았는데 로즈는 괜찮은 걸까?

내 멱살을 놓고 땅에 무릎 꿇은 로즈에게 조심조심 물었다.

"괘, 괜찮으세요?"

"나는 문제없어. 그보다 용사는 괜찮은가?"

"헉, 맞다!"

뒤에 있는 선배와 카즈키에게 눈을 돌렸다.

나처럼 환상이 풀렸는지 두 사람은 머리를 잡고서 일어나고 있었다.

"화, 환상이 풀렸나……?"

"머리가 어지럽지만, 다친 곳은 없는 것 같네요……."

그나저나 굉장히 우악스러운 방식으로 깨웠네…….

"조금 더 재워 둘 예정이었다만."

아무것도 하지 않고 우리를 살피던 마왕이 그렇게 말했다.

과거의 마왕과 생김새는 똑같지만, 새삼 비교해 보니 역시 다소 위압감이 부족한 것 같았다.

"어떠냐, 좋은 꿈이었지?"

"그래. 인간의 이기심에 넌더리가 날 만큼 최악의 꿈이었어."

선배가 일어나며 그렇게 말하자 마왕이 입꼬리를 비틀었다.

카즈키도 일어나니 주위에서 싸우던 연합군 사람들이 외쳤다.

『용사님이 깨어나셨다!』

『아직 싸움은 끝나지 않았어!』

『희망을 버리지 마라!!』

그들의 강한 의지가 담긴 외침을 듣고, 무방비하게 환상에 갇혀 있던 우리가 왜 무사한지 알았다.

그들은 우리를 지키기 위해 싸워 준 것이다.

그것을 이해하자 말로 표현할 수 없는 힘이 내 몸을 일으켜 세웠다.

"우사토오!"

"우사토!"

"응?"

뒤에서 페름과 네아의 목소리가 들려서 돌아보려고 했더니 내 등에 충격이 가해졌다.

등으로 달려든 페름이 내 몸과 동화했고, 뒤늦게 온 네아가 어깨에 앉았다.

"마침내 깨어났구나, 이 바보!"

『네가 없는 동안 저 바보 군단장을 상대하느라 큰일이었어!』

"어, 으음, 미안? 아무튼 너희가 무사해서 다행이야."

맞다, 레오나 씨는?

어디 있나 찾아보니 그리 멀지 않은 곳에서 창을 크게 휘두르는 그녀의 모습이 보였다.

레오나 씨가 싸우고 있는 상대는…… 아미라와 코가인가?!

『거기서 비켜! 창술사!』

『아까와는 반대로군! 둘 다 보내지 않겠다!』

코가와 아미라가 못 움직이게 막아 주고 있는 듯했다.

우리가 환상에 사로잡힌 탓에 레오나 씨에게도 상당히 폐를 끼치고 말았다.

"좋아, 네아. 재회하자마자 미안한데 단장님한테 걸린 마술을 해제해 줘."

"알겠어."

내 어깨에서 로즈의 어깨로 폴짝 넘어간 네아가 해방 주술을 발동시켰다.

몇 초쯤 지나자 로즈에게 걸려 있던 마술 하나가 깨졌다.

"중력 주술은 해제됐어. 하지만 이 사슬을 풀려면 조금 시간이 걸릴지도 모르겠어."

"그런가……."

애초에 로즈는 이제 싸울 상태가 아닐 것이다.

네로와 싸우면서 크게 다쳤고, 무엇보다 그 후에 마왕과 싸웠다.

본인은 아무렇지도 않은 척하지만 무리하고 있다는 것을 알 수 있었다.

"……좋아."

아직 싸움이 계속되고 있다면 전장에는 그 녀석들이 있겠지.

천천히 주위를 둘러보고 시야를 가로지른 검은 그림자를 향해 외쳤다.

"통! 이리 와!!"

"엉?!"

언짢아하는 대답이 들림과 동시에 검은 옷 중 한 명인 통이 흙먼지를 일으키며 나타났다.

통은 트레이드 마크인 스킨헤드를 긁적이며 못마땅한 얼굴로 말했다.

"뭐야, 부단장. 나는 바빠."

"단장님을 안전한 곳으로 데려가 줘."

내 말에 로즈가 눈을 치켜떴다.

"어이, 나는 혼자서도 문제없어."

로즈라면 부하를 번거롭게 만들기 싫어할 테지만, 그래도 참으라고 할 수밖에 없다.

"아뇨, 상당히 무리하고 있잖아요. 그렇게 다치고서 어떻게 의식을 유지하고 있는지 모르겠지만, 슬슬 쉬지 않으면 죽을 거예요."

"……"

"저는 단장님만큼은 죽지 않았으면 해요."

"……하아. 고집스러운 구석까지 나를 닮아 버렸나. 알았다. 통, 부탁한다."

"예이."

로즈를 부축한 통은 그대로 그녀를 일으켜 세웠다.

"무모하게 굴어서 죽어 버리면 가만두지 않을 거다."

"알고 있어요. 확실하게 살아 돌아갈 거예요. 단장님한테 맞아 죽기 싫으니까요."

"하! 알면 됐다. 가자, 통."

"누님, 정말로 다 죽어 가고 있는 게 맞는 겁니까?"

그대로 로즈는 통에게 부축을 받아 떠났다.

그 모습을 지켜본 나는 심호흡하고서 마왕을 돌아보았다.

아무래도 로즈가 떠날 때까지 기다려 준 것 같았다.

그만큼 여유로워서 그런 걸지도 모르지만 나야 고마웠다.

"마왕, 왜 우리에게 선대 용사의 기억을 보여 줬지."

검을 검집에서 뽑으며 카즈키가 물었다.

"굳이 말하자면 흥미 본위지."

"……흥미 본위라고?"

"선대 용사와 똑같은 이세계인인 너희가 과거의 용사를 어떻게 볼지. 그게 궁금했을 뿐이다."

거짓말은 아닐 것이다.

실제로 마왕이 환상을 보여 주지 않았다면 우리는 선대 용사가 겪은 일과 과거의 인간들이 한 짓을 이해하지 못했을 터다.

"……관계없어."

"음?"

"그런 거, 우리랑은 관계없어. 우리가 해 줄 말은 그것뿐이야."

"……."

"확실히 선대 용사가 걸은 길은 불행했어. 그 끝에 인간을 포기한 것도 어쩔 수 없다고 생각해."

과거의 인간들이 용사하게 한 짓은 지독했다.

눈을 돌리고 싶어질 정도였다.

하지만 선배, 카즈키와 히사고 씨가 놓인 상황은 전혀 다르다.

"우리는 과거가 아니라 지금을 살고 있어. 우리는 선대 용사와 달라. 미래가 아니라 지금 살아 있는 사람들을 지키기 위해 싸우고 있어."

선배는 칼자루를 잡으며 그렇게 잘라 말했다.

선배의 말대로다.

두 사람은 용사로서, 나는 구명단으로서 지금을 살아가는 사람들을 위해 움직이고 있었다.

사람을 구할 「가치」를 찾았던 히사고 씨와는 다르다.

"그렇군. 「지금을 살아가는 자로서」인가. 그것 또한 하나의 답이겠지."

마왕은 주위에 마술을 띄우기 시작했다.

그리고 그 중 하나를 손에 올리더니 입꼬리를 비틀었다.

"그렇다면 행동으로 보여 봐라. 녀석처럼 나를 쓰러뜨릴 수 있다면 말이다."

"말하지 않아도 그럴 거야! 카즈키 군, 우사토 군, 정말로 이게 최후의 싸움이야!"

임전 태세에 들어간 선배가 마왕에게 시선을 고정한 채 우리에게 말했다.

선배의 목소리에 호응하듯 우리도 주먹과 검을 들었다.

"네, 아까처럼 되지는 않을 거예요!"

"선배, 카즈키! 전력으로 가요!"

"가자!"

『더는 두려워하지 않겠어!』

이것이 최후의 싸움이다.

이번에는 제각각이 아니라 팀으로서 하나가 되어 싸운다!

제11화 힘을 합쳐라! 혼신의 일격!!

전격을 온몸에 두른 선배와 검을 빛의 마력으로 덮은 카즈키가 마왕에게 달려갔다.

"가자, 카즈키 군!"

"네!"

발이 빠른 선배가 마왕 곁에 도착한 순간, 카즈키가 여러 마력탄을 날려서 마왕 주위에 뜬 마법진을 파괴했다.

"하아아!"

"받아라!"

고속으로 베는 칼과 빛마법으로 만든 위력 중시 마력탄.

그것들을 마술로 막은 마왕은 살짝 눈썹을 찡그렸으나 그래도 여전히 두 사람의 공격은 마왕에게 닿지 않았다.

"가라!"

카즈키는 빛마법에 감싸인 검을 내리치며 마왕 주위에서 마력탄을 조작해 사출시켰다.

"화염 주술."

하지만 그것들은 전방위로 방출된 화염에 전부 지워졌다.

달려드는 화염을 베며 도약해 상단에서 칼을 내리친 선배의 공격도 마술 장벽에 막히고 말았다.

마왕은 어이없다는 목소리로 말했다.

"이래서는 아까와 다르지 않다만."

"글쎄 어떨까……! 지금이야, 우사토 군!"

"네!"

신호를 기다리던 내가 치유마법 파열장으로 화염을 날려 버리며 뛰쳐나갔다.

"……!"

"방심했구나!"

검은 마력을 덮은 주먹을 무방비한 마왕의 몸에 날렸다.

당연히 바람 갑옷에 막혔지만, 그 마술은 이미 네아가 봤다!

네아의 해방 주술로 바람 갑옷이 강제로 해제되었다.

"가! 우사토!"

"좋아! 치유 가속권!!"

팔꿈치에서 마력을 폭발시켜 가속과 함께 내지른 주먹이 마왕의 복부에 꽂혔다.

처음으로 제대로 들어간 공격에 마왕은 뒷걸음질 치면서도 마술을 발동했다.

"……윽, 하하! 설마 치유마법사에게 맞을 줄이야! 마전 주술!"

"무슨?!"

수십 개에 달하는 마술 문양이 우리의 머리 위를 덮듯 나타났다.

연합군에 불덩이가 쏟아졌을 때와 똑같았다.

또 불덩이가 떨어지는 건가?!

"격뢰 주술!"

아니, 틀렸다!

하늘에 뜬 마법진에서 전격이 발생하더니 그대로 벼락처럼 지상에 떨어졌다!

"우, 우사토, 번개가 치는데?!"

"나도 봤어!"

여기서 광범위 공격인가!

머리 위에서 떨어지는 벼락을 선배는 칼로 벴고, 카즈키는 빛마법으로 막으며 마왕에게 향했다.

나도 지그재그로 달려 벼락을 피하면서 선배와 카즈키를 보조했다.

"치유 비권!"

"또 기괴한 기술을 쓰는군……."

기괴하다는 말을 들은 데다가 장벽에 간단히 막혔다.

하지만 그사이에 선배가 하늘 높이 도약하여 마법진에서 쏟아지는 전격을 몸소 받아 냈…… 응?!!!

"받아라! 벼락 떨어뜨리기!!"

자기 몸으로 번개를 받은 선배는 그대로 한 바퀴 돌며 칼을 크게 휘둘렀다.

그러자 칼을 통해 위력이 한층 더해진 전격이 마왕에게 떨어졌다.

"……윽, 제법이군."

"전격을 다루는 내게 번개 마술을 쓰다니, 안일하네!"

자신을 피뢰침으로 삼아서 전격을 유도한 건가……?

망설이지 않고 행동에 옮기는 건 역시 대단했다.

"선배! 피하세요!"

마왕이 주춤하자 선배에게 경고한 카즈키가 왼팔에서 빛의 마력을 해방했다.

카즈키의 왼팔에서 빛의 격류가 방출되었다.

빛의 마력은 광선이 되어 똑바로 마왕에게 돌진했고 그대로 그를 삼켜 버렸다.

일순 해치웠나 싶었지만, 빛 속에서 마술로 몸을 보호한 마왕이 나타났다.

"위험했다."

"끝장내지 못했나……!"

왼팔의 건틀릿에서 연기를 내며 카즈키가 분한 표정을 지었다.

그래도 잠깐이었지만 마왕을 몰아붙인 것은 사실이었다.

"우사토도 상당히 괴물 같지만, 스즈네도 엄청나네."

『왜 벼락을 맞고도 멀쩡한 거야, 저 녀석…….』

그건 선배라서 그렇다고 말할 수밖에 없다.

머리 위의 문양을 없앤 마왕은 즐겁게 웃으며 마력을 두르기 시작했다.

"과연, 아까보다도 성가시군. 그렇다면 나도 진지하게 임하기로 할까."

……역시 지금까지 진심으로 싸운 게 아니었나.

마왕이 발산하는 압력이 강해졌음을 느끼며 왼팔을 검 형태로 변형시켰다.

일단 카즈키 곁으로 이동하여 치유마법을 걸었다.

"카즈키, 왼팔은 괜찮아?"

"괜찮아. 아까 그걸로 쓰러뜨렸다면 좋았겠지만…… 역시 연속해서 쓸 수는 없는 것 같아."

"무리하면 안 돼."

슬슬 마왕이 움직이기 시작했다.

둥실 떠오른 마왕을 보고 경계했다.

"조금 어른스럽지 못한 수단을 쓰겠다. 복합 마술, 가속·감속 주술."

마왕이 뭔가 마술을 쓰자 그를 중심으로 미지근한 바람 같은 것이 생겨나 우리 몸을 감쌌다.

뭔가가 온다……!

그렇게 인식한 나와 카즈키가 대비하기 전에 조금 전과는 비교도 안 되는 속도로 이동한 마왕이 내 몸에 손을 올렸다.

"격뢰 주술."

"……!"

순간적으로 반응한 나는 어깨에 있는 네아를 떼어 내고 검은 마력을 전신에 둘렀다.

다음 순간, 마왕의 양손에서 방출된 강렬한 전격이 내 온몸을 덮쳤다.

"으, 아아아아!"

"우사토! 이 자식!!"

"느리다."

전격을 맞은 나를 뒤늦게 눈치챈 카즈키가 빛의 검을 휘둘렀지만 고속으로 이동하는 마왕에게는 스치지도 않았다.

저릿저릿해서 마음대로 움직이지 않는 몸을 치유마법으로 고치는 사이에 선배와 카즈키는 마왕을 공격했으나 무시무시한 속도로 이동하는 마왕에게 농락당할 뿐이었다.

"우사토, 괜찮아?!"

네아가 허둥지둥 어깨에 내려앉았다.

보아하니 네아는 전격을 맞지 않은 듯했다.

"조금 저렸지만 상처는 이미 치유했어. 그보다 방금 그건……."

『엄청난 속도로 이동했어…….』

조금만 반응이 늦었다면 네아는 당했을지도 모른다.

"저 녀석은 아마 시간을 조종하고 있을 거야."

"시간?"

"자신의 시간을 가속하는 마술과 상대의 시간을 늦추는 마술을 조합한 게 아닐까."

"즉, 마왕이 빨라지고 우리가 느려진 건가."

확실히 어른스럽지 못한 기술이다.

하지만 눈으로 좇지 못할 만큼 빠르지는 않아서 그나마 다행이었다.

그대로 일어서려고 하자 마왕의 공격을 받았는지 카즈키와 선배가 동시에 내 쪽으로 밀려났다.

곧장 두 사람에게 달려가 치유마법을 베풀었다.

"지금 치유할게요!"

"고, 고마워. 큭, 뇌수 모드가 격파되다니……."

시간을 조종하는 반칙적인 마술을 쓰는 데다가 파악할 수 없을 만큼 수많은 마술을 다뤘다.

정말로 강적이다.

"하지만 여기서 포기할 수는 없지!"

"네. 마침내 저쪽이 진심으로 싸우게 만들었으니까요!"

자기 자신을 고무하듯 그렇게 말한 두 사람이 일어났다.

아직 두 사람의 마음은 꺾이지 않았다.

"조금 궁금하다만."

우리 앞에 선 마왕이 불쑥 그렇게 중얼거렸다.

무슨 말을 하려나 싶어서 긴장하자 그는 선배와 카즈키를 가리켰다.

"가령 너희가 나를 죽인다면, 그 후에는 어쩔 거지?"

"……무슨 의미야?"

"원래 세계로 돌아가는 건가? 아니면 이 세계에 남는 건가?"

질문의 의도를 알 수 없었다.

우리가 곤혹스러워하자 마왕은 납득했다는 표정을 지었다.

"그렇군, 아무 생각도 없었나."

"하고 싶은 말이 뭐야!"

마왕이 큭큭 웃자 선배가 짜증을 냈다.

"나는 본래 이 시대에 있을 리 없는 자다. 그리고 너희도 마찬가지로 이 세계의 인간이 아니지. 설마 이 세계가 너희라는 존재를 받아들일 것 같은가? 그렇다면 너무 태평하군."

거기까지 말한 마왕이 다시 고속으로 움직였다.

간신히 눈으로 좇으니 카즈키의 왼쪽을 이동하는 마왕이 보였다.

그가 마술을 쓰기 전에 선배와 내가 전격과 치유 비권을 날렸다.

"나라는 위협이 사라진 후, 인간들에게 너희『용사』는 처치 곤란한 존재가 될 것이다."

하지만 그 공격은 마왕의 움직임 앞에서 허공을 갈랐다.

이동 중에 방출된 화염이 땅을 태우며 육박했다.

"나의 죽음과 함께 너희의 존재 의의는 사라진다."

그것들을 셋이서 막자 화염으로 생겨난 연기 속에서 사슬 형태의 마술이 날아왔다.

"너희는 결국 이 세계의 이물질일 뿐이다."

""""……!""""

"이 세상에 나와 너희의 존재는 불필요하다. 그걸 모르지는 않겠지?"

마왕의 그 말은 명백하게 우리를 동요시켰다.

확실히 용사의 사명도, 구명단의 존재 의의도, 마왕을 쓰러뜨리면 사라질 것이다.

그러면 우리는—.

"아까부터 조용히 듣고 있으려니 주절주절 시끄럽네!"

"네아……?"

네아가 마왕에게 화냈다.

날개를 필사적으로 움직여 분노를 표한 네아는 목소리를 떨며 마왕에게 외쳤다.

"나한테 지금 여기 있는 우사토는 그냥 우사토야! 이물질인지 아닌지는 상관없어!"

『네아 말이 맞아! 우리에게 우사토는 우사토야! 너를 쓰러뜨려도 그건 쭉 변함없어!』

페름과 네아의 성난 목소리를 듣고 단숨에 평정심을 되찾은 나는 쇄도하는 사슬 마술을 건틀릿으로 튕겼다.

"마왕!"

카즈키가 마왕을 베려고 했다.

그 공격을 피하지 않고 마술로 막은 마왕은 화난 형상인 카즈키를 보며 조소했다.

"빛의 용사여, 너는 어떻지? 녀석의 과거를 보지 않았나?"

"⋯⋯!"

"사람의 마음은 변하기 마련이다. 너무 강한 힘을 가진 너를 두려워하는 자가 언젠가 나오겠지. 그건 민중일지도 모르고, 가장 신뢰하는 가까운 자일지도 모른다. 그때 배신당하고 나서 후회할 건가?"

카즈키의 손에 힘이 들어갔다.

마왕의 말은 주위 사람들을 깎아내리는 것이었다.

분노에 지배되려는 카즈키를 보고 선배가 황급히 말했다.

"카즈키 군, 얘기를 듣지 마!"

"계통 강―."

카즈키는 마왕 앞에서 건틀릿을 들고 계통 강화를 쓰려고 했다.

그 순간, 시간을 조작하여 단숨에 가속한 마왕이 카즈키의 건틀릿을 잡아서 위로 날렸고, 움직일 수 없는 공중을 향해 화염을 방출했다.

"어딜!"

나는 발바닥에서 마력을 폭발시켜 단숨에 도약했다.

내성 주술과 검은 마력으로 카즈키를 화염으로부터 보호한 나는 그대로 땅에 착지했다.

"카즈키, 괜찮아?!"

"미안, 우사토……."

마왕의 말에 현혹된 카즈키는 친한 사람들에게 배신당하는 모습을 상상했을지도 모른다.

사람은 변하는 생물…… 확실히 마왕의 말이 맞을 것이다.

어쩌면 우리도 히사고 씨처럼 친한 사람에게 배신당할지도 모른다.

"앞을 봐. 카즈키."

"우사토……."

"우리는 지금 왜 싸우고 있지? 그 이유를 떠올려 봐."

내 말에 카즈키는 마왕을 보았다.

그 밤, 첫 전쟁을 앞두고 내게 토로했듯 싸움을 두려워했던 그가 여기서 함께 싸우고 있는 이유.

그건 지금도 변함없을 터다.

"우리는 지금 우리의 소중한 사람들과 장소를 위해 싸우고 있어.

여기까지 온 길에 후회는 없잖아."

"……아아, 그래, 맞아! 내가 바보였어! 아~ 젠장! 한순간이라도 주저한 자신이 한심해!!"

즉각 일어난 카즈키는 건틀릿에서 마력탄을 띄웠다.

"우사토, 나는 마왕의 움직임을 완벽하게 파악하지 못해. 접근전에서는 방해될 테니까 보조에 전념할게."

"알았어."

나는 카즈키의 마력탄이 날아가는 것을 확인하고, 고속으로 이동하는 마왕에게 칼을 휘두르는 선배 곁으로 향했다.

바람 갑옷에 막혀 날아간 선배를 팔에서 마력을 뻗어 잡았다.

"선배!"

"웃, 우사토 군! 역시 네가 있어야 해!"

"이얍!"

그대로 마왕에게 선배를 던졌다.

회전하며 전격을 때려 박는 선배에게 맞춰 나도 페름의 마력으로 크게 키운 팔을 내리찍었다.

우리 둘의 공격을 받은 마왕이 몸을 젖히자 카즈키의 마력탄이 쇄도했다.

"크, 하하! 이렇게 나와야지!!"

마왕은 간단히 마력탄을 막았다.

하지만 그 후 내가 날린 치유 비권이 꽂혔다.

"어림짐작 치유 비권!"

"……윽, 이토록 의미 불명인 공격을 해 온 자는 이제껏 없었다."

도망칠 곳을 대충 예측해서 날리는 치유 비권!

맞을 줄은 몰랐지만, 결과가 좋으면 그만이다!

"나를 너무 얕보지 마라…… 인가…… 윽!"

이어서 마술을 쓰려던 마왕이 갑자기 입을 막고 콜록거렸다.

피를 토하고 있어……?

지금까지 가한 공격이 효과가 있었던 건가?!

"우사토 군, 카즈키 군! 여기서 끝내자!"

"읏, 네!"

아니, 망설일 여유는 없다.

지금이 천재일우의 기회다.

입가에 피가 흐르는데도 마왕은 마술을 써서 몸을 지키려고 했다.

나는 검은 마력을 뻗어 그가 도망칠 곳을 좁혔다.

"페름, 마왕을 포위하듯 띠를 움직여 줘!"

『그래!』

"네아, 충격 내성을 걸어 줘!"

"알겠어!"

마왕 주위에 거미줄처럼 쳐진 검은 띠에 마술이 부여되었다.

그에 맞춰 카즈키가 원반 모양의 마력을 마왕 주위에 뿌렸다.

이건 공격용이 아니라, 빛마법을 무해하게 만드는 카즈키의 건틀 릿 특성을 살리고 탄력을 준 마력탄이었다.

그리고 우리가 둘러친 검은 띠와 합쳐지면 하나의 전술이 된다!

"선배, 준비됐어요!"

"조금 무리하겠지만, 지금이 바로 무리할 때야!"

내 옆으로 이동하여 칼을 칼집에 넣은 선배가 칼집에 마력을 담기 시작했다.

그 마력은 노란색에서 보라색 전격으로 바뀌었고, 점차 선배의 몸도 전기를 띠었다.

하지만 미처 조종하지 못한 마력이 선배의 손에서 흘러넘쳐 피부에 상처를 냈다.

"제가 치유할게요!"

선배의 어깨에 손을 얹고 치유마법을 흘려 즉각 그 상처를 고쳤다.

선배가 다치자마자 바로 치유하는 유악스러운 방식이지만, 지금은 수단을 가릴 때가 아니다!

"계통 강화! 간다!"

엄청난 격통을 견디며 발도한 선배는 마왕의 움직임을 아득히 뛰어넘는 속도로 달려갔다.

"하아아!"

"……윽."

마왕은 첫 번째 공격을 간신히 막았다.

하지만 선배는 주위에 뜬 빛마법 원반과 둘러쳐진 검은 띠를 발판 삼아 삼차원적으로 이동하며 마왕 주위의 마술을 파괴해 나갔다.

그 움직임은 내 눈으로도 좇을 수 없었고, 마왕을 일방적으로 공격했다.

"재능은 녀석 못지않군……! 이 시점에 이 정도라니……!"

"여기다!"

"윽!"

또 하나, 마왕의 마술 장벽을 뚫고 그의 손을 벴다.

"하지만 그것도 오래가진 않겠지!"

"아니! 내게는 믿음직한 치유마법사가 붙어 있거든!"

"치유마법탄!"

아무튼 선배가 있는 방향으로 마력탄을 마구 던졌다.

지금 선배의 속도라면 카즈키가 설치한 빛마법 발판을 이용해 얼마든지 그 마력탄을 맞으러 갈 수 있다.

선배는 몸을 치유마법으로 회복시키며 연격을 때려 박았다.

"이걸로, 마지막이다!"

땅에 착지한 선배가 칼을 양손으로 움켜잡음과 동시에 보라색 번개가 용솟음쳤다.

한층 큰 전격이 칼을 감싸며 전장을 밝게 비췄다.

"번개 베기!"

그대로 번개 자체라는 생각이 들 만큼 빠른 속도로 휘둘러진 칼이 마왕의 팔을 벴다.

"윽……!"

마왕이 고통에 얼굴을 찡그렸다.

계통 강화가 풀린 선배는 그대로 땅에 쓰러지듯 구르며 카즈키를 향해 외쳤다.

"카즈키 군, 이제 마왕을 지키는 건 없어! 끝장내!"

"네! 계통 강화 「집(集)」!"

카즈키의 왼팔에서 계통 강화로 만들어진 빛의 격류가 방출되었다.

땅에 무릎 꿇고 팔에서 피를 흘리는 마왕에게 그것이 직격하는 가 싶었지만 마왕은 아슬아슬하게 방어용 마술을 발동시켰다.

"크, 우오오오오!!"

마왕은 선배와 카즈키의 계통 강화조차 막아 냈다.

선배는 무리해서 계통 강화를 쓴 반동으로 움직이지 못했고, 카즈키는 방금 광선을 날린 탓에 한동안은 똑같은 기술을 쓸 수 없었다.

하지만―.

"우사토!"

"우사토 군!"

"가! 우사토!"

『한 방 먹여, 우사토!』

아직 내가 있다!

일어나는 마왕에게 주먹을 들고 돌진했다.

숨을 몰아쉬는 마왕과 시선이 마주쳤다.

지금까지 마술만 썼던 마왕이 주먹을 들었다.

"오오오오!"

전신전령의 힘을 담아 오른쪽 주먹을 내질렀다.

이제 마력도 기력도 한계다.

오늘 하루 많이 달리고 많이 싸웠다.

하지만 이걸로 마지막이다.

이걸로 끝내겠다.

"가라아아!!"

내지른 주먹은 마왕의 안면에 똑바로 꽂혔다.

뭔가가 부서지는 듯한 감촉.

되돌릴 수 없는 일을 해 버렸다는 상실감.

그런 안 좋은 예감을 막연하게 느끼며 나는 마왕을 정면에서 힘껏 후려쳤다.

❀제12화 강요되는 선택

이전 용사와의 마지막 싸움.

그건 그야말로 내가 유일하게 진심으로 힘을 쓸 수 있었던 싸움이었다.

구름을 쪼개고 대지를 가르며 온갖 파괴를 가져온 그 싸움은 필설로 다 표현하기 어려울 만큼 즐거웠다.

하지만 시작이 있듯이, 영원히 계속될 것 같았던 싸움에도 끝이 찾아왔다.

"—마왕."

우리의 싸움으로 대지는 황폐해졌다.

사흘 밤낮을 넘게 싸우고 몇 번째인지 알 수 없는 새벽을 눈에 담으며 나는 넝마나 다름없는 옷을 입은 용사— 히사고를 보았다.

승부를 결정지은 것은 용사가 가한 검 일격이었다.

신룡에게 받은 무구조차 아닌 평범한 검.

그것이 내 가슴에 꽂히면서 승패가 갈렸다.

"너는, 죽이지 않겠다."

"호오, 자비라도 베풀어 주겠다는 건가?"

"그럴 리 없다는 건 너도 알잖아?"

"……그건 그렇지."

나는 내 욕망을 위해 온갖 포학한 짓을 한 마왕이다.

그리고 녀석은 인간을 구하는 용사다.

나를 죽이지 않는다면 녀석이 할 일은 정해져 있었다.

"할 거면 해라."

"……그래."

용사는 내게 꽂힌 검에 손을 올렸다.

녀석의 마력이 검을 통해 내게 흘러들었다.

"계통 강화「봉(封)」."

온갖 것을 봉인하고 해방할 수 있는, 거의 신의 영역에 도달한 힘.

그 힘을 사용하면 생물조차 봉인할 수 있다.

하지만 그 봉인도 언젠가는 풀릴 것이다.

아니, 지금의 용사라면 일부러 봉인이 풀리게 하더라도 이상하지

않았다.

"너의 의도 따위 내 알 바 아니다. 깨어나면 내 마음대로 할 것이다."

"그래도 상관없어."

"또 인간들을 멸망시키려 들더라도 말인가?"

"상관없어."

"……재미없는 인간이군."

내가 어이없어하자 용사는 작게 한숨을 쉬었다.

"나한테는 앞날을 볼 자격이 없어."

"내게는 있다는 건가? 어이어이, 서로를 죽이려고 싸운 상대다.

조금 전에도 말했지만, 봉인에서 깨어나면 나는 마음대로 할 생각

이다."

"너는 미래의 인간들에게 주는 시련이야. 썩어 빠진 지금의 인간들이 몇백 년 뒤에 바뀌었을지 확인하기 위한 시련. 바뀌지 않았다면 그대로 멸망해 버리면 돼. 바뀌었다면 너는 다시 패배하겠지."

"큭큭, 네놈의 생각대로 움직일 마음은 없지만…… 뭐, 기억해 두마."

역시 망가졌다.

나를 죽이지 않고 봉인한 데다가 먼 미래에 깨어나도록 하는 거니까.

용사의 빛마법이 내 몸을 감쌌다.

점차 딱딱해지는 몸을 느끼며 천천히 눈을 감았다.

"하지만 나는 정면으로 싸우고 네게 패배했다. 그렇다면 이 운명도 받아들이기로 하지."

"……잘 가라. 마왕."

"그래. 이제 만날 일은 없겠지."

잔해 더미처럼 되어 버린 아성 안에서.

용사의 작별 인사를 들으며 나는 긴 잠에 빠졌다.

다음으로 눈을 떴을 때, 눈앞에는 유적이라고 불러도 지장이 없을 만큼 황폐한 아성이 펼쳐져 있었다.

그로부터 몇백 년이나 지났는지 성내는 풍화되었고 곳곳이 지저분했다.

"……봉인이, 풀린 건가?"

몸이 이상하게 무거웠다.

돌로 만들어진 제단 같은 곳에서 일어난 나는 머리를 잡고 내 몸을 확인했다.

손발에 이상은 없었다.

하지만 몸 안에서 커다란 것이 몇 개 빠져 있었다.

"흠, 마술도 마력도 7할 가까이 쓸 수 없어……. 녀석 짓인가."

봉인하면서 술수를 부렸군.

그래도 문제는 없지만, 다소 불편하기는 했다.

내 몸이 내 것이 아닌 듯한 이상한 감각에 빠져 있으니 누군가가 다가오는 기척이 느껴졌다.

"깨어나셨습니까."

나타난 것은 초로의 마족이었다.

그는 데리고 있던 부하 마족을 물리고 내 앞에 무릎 꿇고서 머리를 조아렸다.

"너는?"

"저는 기레드라고 합니다. 당신께서는 마왕님이신 줄 압니다."

"……그래, 맞다. 내가 봉인되고 얼마나 세월이 흘렀지?"

돌아온 대답은 예상한 대로였다.

그로부터 나는 몇백 년이나 봉인되어 있었던 모양이다.

혼자 시대에 뒤처진 느낌을 받으며 눈앞의 남자에게 현재 상황을 물어보기로 했다.

"지금 마족은 어떻게 됐지?"

"마왕님께서 용사에게 봉인당한 후, 인간과 마족의 싸움은 종결되었습니다. 그 후 점차 환경이 변화하여 마족이 사는 땅은 황폐해져서 지금 마족은 존망의 위기에 처했습니다."

"환경이 변화했다니?"

"대지가 죽어 가서 작물은 고사하고 초목조차 자라지 않게 되었습니다."

……전쟁으로 인한 오염인가?

직접 봐야 알 수 있겠지만, 마족은 상당히 궁지에 몰려 있는 듯했다.

이러니 내 도움을 받고 싶어 하는 것도 당연했다.

"인간들은 어쩌고 있지."

"그들과는 적대하고 있지만, 기본적으로 서로 간섭하지 않았습니다. 하지만 저희가 비밀리에 움직이던 것을 들켰기에, 마왕님이 부활하신 것도, 우리가 군대를 준비 중인 것도 알았을 겁니다."

즉, 다시 인간과 전쟁을 벌일지도 모른다는 건가.

"마왕님. 무례하다는 걸 알지만 부탁드리고 싶습니다."

"좋다. 말해 봐라."

"예. 마왕님, 부디…… 저희를 도와주십시오."

"호오?"

"전쟁이 끝난 지 수백 년. 인간도 마족도 싸움다운 싸움을 일으키지 않고 지냈지만 이제 저희는 한계입니다. 이대로 가면 마족은 빈곤으로 멸망합니다. 아무쪼록 마왕님께서 힘을 보태 주셨으면 합니다……!"

아마 지금 마족의 힘은 완전히 약해져 있을 것이다.

예전처럼 실력 있는 자는 없을 테고, 무엇보다 식량 부족에 빠져 있으니 만족스럽게 싸울 수 있을지조차 의심스러웠다.

하지만 이들은 예전에 함께 싸운 부하들과 같은 피를 이은 동포였다.

"……좋다. 내가 너희를 도와주마."

"……감사합니다!"

전란의 시대, 그저 전투의 쾌락만을 추구하며 군대를 이끌었던 내가 이번에는 동포의 생존을 위해 다시 침략을 일으키게 될 줄이야.

"일단 너희의 근거지로 안내해라. 이야기는 거기서 하지."

기레드의 어깨에 손을 얹고 밖으로 가는 계단을 나아갔다.

"……나는 녀석과 싸우고 만족해 버린 거로군."

예전에 나는 전력으로 싸울 수 있는 상대를 바랐다.

강자라고 칭송받는 이도 내 앞에서는 1초도 버티지 못했다.

내 진짜 실력을 발휘하고 싶다고, 부딪치고 싶다고 늘 생각했었다.

하지만 그건 용사와 싸우면서 이루어져 버렸다.

그렇기에 힘 대부분을 쓰지 못하게 되었는데도 그다지 애석하지 않았다.

"아아, 나는 내 마음대로 하겠다. 용사여."

지금은 없는 용사— 히사고를 향해 작게 중얼거렸다.

힘을 잃은 지금의 내가 앞으로 어떤 말로를 맞이하더라도 이제 후회는 없었다.

그만한 힘을 너는 내게 보였다.

우선은 이 시대의 동포들을 구하는 것부터 시작하자.

***

정적이 전장을 지배했다.

마왕이 땅에 쓰러졌다.

아군도 적군도 멍하니 있는 가운데, 나는 피로 때문에 움직이지 못하는 선배를 부축해 일으켜 세우고서 카즈키와 함께 쓰러진 마왕에게 다가갔다.

"……."

말이 나오지 않았다.

마침내 마왕을 쓰러뜨렸는데 기쁘다는 감정조차 들지 않았다.

그저 허무할 뿐이었다.

『마왕님!!!』

화염을 휘감고서 이쪽으로 달려오려고 하는 아미라의 외침이 별세계의 소리처럼 들렸다.

어서 마왕의 숨통을 끊지 않으면 또 희생자가 늘어난다.

"내가, 마무리하겠어."

"……응, 부탁해."

267

누군가가 해야만 했다.

마왕 곁으로 다가가는 카즈키를 보고 있으니 갑자기 마왕의 입이 미미하게 움직였다.

"347명인가…… . 적어도 저들은 돌려보내야겠지."

그렇게 마왕이 작게 중얼거리자 그의 몸이 희미한 마력에 덮였다.

그 순간, 주위에서 비명이 터졌다.

황급히 그쪽을 보니 연합군과 싸우던 마왕군 병사들의 모습이 사라지고 그 발밑에 하얀 소용돌이 같은 것이 나타나 있었다.

『이건……?!』

『마왕님!』

『이, 이럴 수가……!』

전장 곳곳에 하얀 소용돌이가 나타나 마왕군 병사들을 삼켰다.

저 하얀 소용돌이 마술은 카즈키가 환영에 사로잡혔을 때 봤었다.

분명 순간이동 같은 마술일 터…… 그렇다면 저 마술로 마족들을 대피시키고 있는 건가?

"설마 마왕도?!"

허둥지둥 마왕을 돌아보니 그는 여전히 그 자리에 쓰러져 있었다.

거룩하게 느껴질 정도였던 위압감도 사라진 상태였다.

그 모습에 우리는 말문이 막혔다.

마왕은 뭔가 완수했다는 듯한 표정을 짓고 있었다. 자신의 죽음을 받아들이고 있는 것처럼 보였다.

"……나를, 죽여라."

지금까지의 장엄한 목소리와는 확연하게 다른, 쉬어 버린 연약한 목소리였다.

　그 목소리를 듣고 정신을 차린 카즈키는 떨리는 목소리로 말하며 마왕 곁으로 다가갔다.

　"굳이 말하지 않아도 그럴 거다……!"

　카즈키는 손에 마력을 모아 끝장을 내려고 했다.

　마왕은 인류를 말살하겠다고 선언한 가당찮은 녀석이다.

　약해졌다고는 하지만, 그 힘은 레오나 씨를 포함한 우리 네 사람을 압도할 만큼 강했다.

　하지만 그의 행동에는 불가사의한 점이 있었다.

　마족을 퇴각시키며 연합군에 불덩이를 떨어뜨리고, 그 후 부자연스러운 타이밍에 직접 나타나서 우리와 싸웠다.

　혹시 마왕이 전장에 나타난 목적은 처음부터 전쟁으로 다친 마족들을 대피시키는 것이었을까?

　그렇다면 왜 그는 도망치지 않고 이 자리에 남아 있는 거지?

　"카즈키, 잠깐만 기다려……!"

　"우사토……."

　"우사토 군……."

　거기까지 생각한 나는 마왕을 끝장내려고 하는 카즈키를 말리고 말았다.

　나를 돌아보는 카즈키의 눈을 보고, 다음으로 죽음을 받아들이려고 하는 마왕을 보았다.

우리는 정말로 마왕을 처리해야 하는 걸까?

정말로 평화를 위해 필요한 일일까?

이대로 마왕의 생각대로 행동해도 되는 걸까?

선배와 카즈키는 용사로서 마왕을 죽여야 하는 걸까?

그 답은 지금 이 자리에서 낼 수밖에 없었다.

막간 칸나기의 수기

글자를 쓸 수 있게 됐다.

그저 그것뿐이지만 내게는 무엇보다 기쁜 일이다.

인간들의 노예였을 때는 생각할 수 없던 일이지만, 나는 히사고를 따라다니며 성장하고 글자를 배울 기회를 얻었다.

히사고 외의 인간에게 내가 수인이라는 것은 비밀이다.

나와 히사고 주위에서 일어난 일을 오늘부터 써서 남기고 싶다.

쓸 것이 아무것도 생각나지 않으니, 일단 히사고에 관해 적어 보겠다.

히사고는 아빠 같은 녀석이다.

전장에서 나를 거둬 줬고, 용사라는 엄청난 힘을 가진 인간이기도 하다.

나이는 서른을 앞둔 모양이고 아저씨라고 부르면 화낸다.

그런 그에게 나는 칸나기라는 이름을 받았지만, 히사고는 나를 나기라고 부른다.

단순히 부르기 편해서 그러는 것 같은데 나는 이 이름과 나기라는 호칭이 마음에 든다.

히사고는 싸울 때는 무섭지만, 그가 누구보다 인내심이 있고 강하다는 것을 나는 안다.

벌써 몇 년이나 그를 따라다니고 있는데 나는 그가 누군가에게 공격받는 모습을 본 적이 없다.

육체적으로 인간보다 강한 수인인 나조차 가끔 허를 찔리는데 그는 태연한 얼굴로 위험한 상황을 어떻게든 처리해 버린다.

그건 순순히 대단하다고 생각하지만, 때때로 타인에게 냉담한 모습을 보면 불안해진다.

하지만 그만큼 평상시 생활은 칠칠맞지 못하다는 말로는 부족할 만큼 심각하다.

일일이 적어 봤자 시간만 뺏길 것 같으니 이 얘기는 끝.

항상 생각하지만, 내게 있어 히사고 외의 인간은 전부 적이다.

히사고 말고는 누구도 믿지 않고, 인간들도 내 정체를 알면 바로 태도를 바꿀 것이다.

인간은 바보다.

자신들을 지켜 준 히사고조차 몰인정한 말로 매도하는 멍청한 녀석들이다.

어째서 히사고는 아무런 대꾸도 안 하는 걸까.

계속 그러면 인간들만 기고만장해질 뿐인데.

그렇게 되면 이번에는 내가 히사고 대신 화내 줘야지.

때때로 히사고를 이해할 수 없다.

그는 자신에 관해 거의 얘기하려고 안 한다.

내가 열심히 캐물어도 입을 꾹 닫고, 종국에는 시끄럽다고 한다.

그럴 때마다 나는 화가 난다.

조금쯤 나한테 고민을 털어놓는다면—.

"나기, 뭘 적고 있어?"

"아, 도, 돌려줘!"

여행 도중에 별생각 없이 수첩에 글자를 적고 있으니 옆에서 히사고가 수첩을 뺏어 갔다.

바로 수첩을 엿봐서 얼굴이 새빨개질 정도로 창피해졌지만, 끝까지 읽기 전에 전력으로 수첩을 되찾았다.

"벌써 글자를 쓰게 됐어? 너는 정말로 빨리 배우네. 나는 아직도 제대로 못 써."

"그건 히사고의 머리가 나빠서 그래."

"그렇게까지 나쁘지 않아. 나는 평범해."

그렇게 히사고가 대답했고 나는 얼굴을 휙 돌렸다.

"앞으로 계속 쓸 건가?"

"……응. 히사고 관찰 일기로 쓸 거야."

"전혀 재미없을 것 같군."

자신과 관련이 있어서 그런지 히사고는 넌더리를 내는 것 같았다.

"아, 거기에 내 이름은 쓰지 마."

"왜?"

"뭔가 문제가 생겨서 다른 녀석 손에 넘어가면 무섭잖아."

"무서워하는 기준을 모르겠지만…… 뭐, 좋아. 그럼 히사고는 『용사』나 『그 녀석』이라고 쓸게."

"그래. 그렇게 해."

진짜로 쓸 생각은 없었지만, 그것도 재미있을 것 같다.

"이게 후세에 남으면 히사고의 창피한 기록도 전해지는 거네."

"오명을 뒤집어쓰는 건 상관없지만 창피를 당하고 싶진 않아."

"후후, 농담이야."

히사고가 진심으로 싫다는 표정을 지어서 웃었다.

그런 나를 보고 한숨을 쉰 그는 그대로 짐을 메고 걷기 시작했다.

"하아, 웃지 말고 슬슬 가자."

"아, 알겠어. 같이 가."

수첩을 가방에 넣고 히사고를 따라갔다.

히사고, 너는 언제나 괴로운 선택을 한다.

왜 그러는지는 모른다.

하지만 네가 나를 구해 줬으니까, 나는 네가 구원받을 수 있도록 돕고 싶다.

"히사고."

"음?"

"앞으로의 여행은 즐거워지면 좋겠다."

"기대는 안 하지만…… 그러네."

적어도 앞으로의 여행길이 히사고에게 있어 평온하고 고요한 여행이 되면 좋겠다.

이미 히사고는 과할 만큼 상처 받았다.

그러니까 이제 아무도 그에게 기대하지 않았으면 좋겠다.

누군가가 용사인 그에게 도움을 구하면 히사고는 망설이지 않고 그에 부응하려고 할 테니까.

"나기, 뭘 멍하니 있어. 놓고 간다."

"응, 지금 갈게."

그렇게 생각하며 나는 그 커다란 등을 쫓아 잔달음질 쳤다.

"히사고는 이 세계를 어떻게 생각해?"

"……자연이 풍부해."

"히사고는 감정이 있어?"

"나기, 그건 너무 무례한데."

그치만 때때로 인형처럼 무표정할 때가 있는걸.

그리고 말할 수는 없지만, 아무리 몹쓸 짓을 당해도 화도 안 내고.

속으로 타협하고 있는 걸까?

아니면 인간은 그런 생물이라고 결론지은 걸까?

둘 다 정상적인 인간의 사고가 아니라는 것은 분명하다.

"인간에 관해서는 어떻게 생각해?"

"특별히 아무 생각도 없어."

"그렇구나……."

그럼 히사고는 왜 인간을 위해 싸우는 걸까.

때때로 나는 히사고라는 인간을 이해할 수 없다.

그는 상냥하고 강하지만, 그래도 인간이다.

겉으로는 알 수 없지만 언젠가 그에게도 한계는 온다.

그렇게 되지 않도록 나는 그의 버팀목이 되고 싶다고 절실히 생각했다.

치유마법의 잘못된 사용법 11
~전장을 달리는 회복 요원~

초판 1쇄 발행 2021년 11월 20일

지은이_ KUROKATA
일러스트_ KeG
옮긴이_ 송재희

발행인_ 신현호
편집장_ 김승신
편집진행_ 원현선 · 권세라
편집디자인_ 양우연
관리 · 영업_ 김민원 · 조인희

펴낸곳_ (주)디앤씨미디어
등록_ 2002년 4월 25일 제20-260호
주소_ 서울시 구로구 디지털로 26길 111 JnK디지털타워 503호
전화_ 02-333-2513(대표)
팩시밀리_ 02-333-2514
이메일_ lnovellove@naver.com
ㄴ노벨 공식 카페_ http://cafe.naver.com/lnovel11

CHIYUMAHO NO MACHIGATTA TSUKAIKATA ~SENJO WO KAKERU KAIHUKUYOIN~ Vol.11
©KUROKATA 2019
First published in Japan in 2019 by KADOKAWA CORPORATION, Tokyo.
Korean translation rights arranged with KADOKAWA CORPORATION, Tokyo.

ISBN 979-11-278-6264-0 04830
ISBN 979-11-278-4277-2 (세트)

값 10,000원

© Kizuka Nero 2020
Illustration : Shinsora
KADOKAWA CORPORATION

두 번째 용사는 복수의 길을 웃으며 걷는다 1~8권

키즈카 네로 지음 | 신소라 일러스트 | 김성래 옮김

무엇을 잘못했을까.
용사로 이세계에 소환되었던 나— 우케이 카이토는 자문자답한다.
아무쪼록 도와 달라고 간청하는 말을 따라서 용사가 된 나는
마왕을 쓰러뜨림으로써 이 세계를 구원했지만……
이제 볼일은 끝났다는 듯이 파티원 모두가 배반했다.
고락을 함께했고 동료라고 여겼던 놈들에게 누명을 씌워진 채
나는 끝내 살해당했다.
죽음을 맞이하는 순간, 나는 구원을 바라는 대신
이것들을 괴롭히고 괴롭힌 끝에 죽여버리겠다고 저주했다.
—정신을 차렸을 때, 나는 이세계에 소환되었던 때로 돌아와 있었다.
배반자에게 살해당했던 기억을 지닌 채.
이놈들 전부 기필코 다 죽여버리겠다!
가장 잔혹한 방법으로, 한 조각의 구원도 없는
고통과 비명의 피 구렁텅이에 빠뜨려서 죽여주겠다!!

—자, 복수를 시작하자.

라이트노벨의 새로운 빛! L북스의 신간은 매월 20일에 발매됩니다. http://cafe.naver.com/lnovel11

스파이 교실 1~4권

타케마치 지음 | 토마리 일러스트 | 송재희 옮김

아지랑이 팰리스 공동생활 규칙.
하나, 일곱 명이 협력하여 생활할 것.
하나, 외출 시에는 진심으로 놀 것.
하나, 온갖 수단으로 나를 쓰러뜨릴 것.

—각국이 스파이로 그림자 전쟁을 벌이는 세계.
임무 성공률 100%, 그러나 성격에 난점이 있는 뛰어난 스파이, 클라우스는
사망률 90%를 넘는 「불가능 임무」 전문 기관 「등불」을 창설한다.
하지만 선출된 멤버는 실전 경험이 없는 소녀 일곱 명.
독살, 함정, 미인계— 임무를 달성하기 위해 소녀들에게 남은 유일한 수단은
클라우스를 속여 이기는 것이다!

1대7 스파이 심리전! 통쾌한 스파이 판타지!!

라이트노벨의 새로운 빛! L북스의 신간은 매월 20일에 발매됩니다. http://cafe.naver.com/lnovel11

모험가가 되고 싶다며
도시로 떠났던 딸이 S랭크가 되었다 1~9권

모지 카키야 지음 | toi8 일러스트 | 김성래 옮김

고향 시골에서 은퇴 모험가 생활을 보내던 벨그리프는
숲에서 주운 소녀를 안젤린이라 이름 붙여서 친딸처럼 키웠다.
벨그리프를 동경하여 도시로 떠나 모험가가 된 안젤린은
길드에서 최고위 《S랭크》까지 올라 분주한 나날을 보낸다.
어느덧 5년이 지나 안젤린은 힙겹게 장기 휴가를 내서
정말 좋아하는 아빠 벨그리프를 만나러 가려 하지만
느닷없이 마물 토벌에 동원된다거나 도적단과 맞닥뜨리며
좀처럼 귀로에 오를 수가 없었다.

"도대체 나는 언제쯤이면 아빠랑 만날 수 있는 거야……!"

따뜻한 이야기와 모험이 가득한 하트풀 판타지!!

라이트노벨의 새로운 빛! L북스의 신간은 매월 20일에 발매됩니다. http://cafe.naver.com/lnovel11

세계 최고의 암살자,
이세계 귀족으로 전생하다 1~5권

츠키요 루이 지음 | 레이아 일러스트 | 송재희 옮김

세계 제일의 암살자가 암살 귀족의 장남으로 전생했다.
그가 이세계에서 맡은 임무는 단 하나.
【인류에게 재앙을 가져온다고 예언된 《용사》를 죽이는 것】.
그 고귀한 임무를 완수하기 위해 암살자는 아름다운 종자들과 함께
이세계에서 암약한다.
현대에서 온갖 암살을 가능케 했던 폭넓은 지식과 경험,
그리고 이세계 최강이라고 칭송받는 암살자 일족의 비술과 마법.
그 모든 것이 상승효과를 낳아 그는 역사상 견줄 자가 없는 암살자로
성장해 나간다.
"재밌군. 설마 다시 태어나서도 암살하게 될 줄이야."

**전생한 「전설의 암살자」가 한계를 돌파하는
어쌔신즈 판타지!!**